唐師

伍章

峰迴路轉

The Master of Tang Dynasty

離人望左岸 著

目次

第一百三十六章

徐真拜會幽州受制

離了長安之後，徐真頓感輕鬆，雖然心頭對李明達仍舊有些愧意，但很快就被沿途風光給抹除了心頭一絲不快。

從長安往東到東都，汴州可達山東，而自汴州北上即可到達幽州，南下則可到揚州去，或者出了長安往東北，經河東到太原，自太原即可到達幽州，到了幽州，自然可以前往營州了。

且說幽州乃隋唐重地，隋煬帝稱之為涿郡，其時築臨朔宮為行宮，大業七年後三次用兵高句麗，皆以涿郡為後方，集結兵馬軍器與糧儲。

到了武德元年，唐興隋亡，並改涿郡為幽州，治所在薊城，稱之為幽州城。

彼時大唐於各州設立總管，並加持節，設洺、荊、並、幽、交州等五州為大總管府，七年又改為大都督府，由是復名都督。

今次要對高句麗用兵，幽州說不得仍舊會成為重地之重，是故徐真不得不沿途到幽州走一遭，這也是聖上親自交代過的事情。

雖然急著趕往營州救秦廣，然既到幽州，少不了要見一見幽州刺史高履行，這位可算是年少有為，父親高士廉乃太子太傅，位極人臣，他又娶了東陽公主，封駙馬都尉，掌握一方實權，可算是封疆大吏了。

其時貞觀太平，夜不閉戶路不拾遺，軍士又受尊重，徐真帶了三百親兵，一路浩蕩，並無阻礙，到了幽州，生怕高履行猜忌，遂命弟兄們在城外紮寨，徐真帶著凱薩和張素靈，在周滄等一十四紅甲衛的保護下，獨自入城，拜會高履行。

此時的高府之中，高履行正與先前趕來的慕容寒竹高談闊論，慕容寒竹出身世家望族，又學識淵博，高履行也是貴冑之後，二人意氣相投，又同為李治這邊的勢力，自然是相談甚歡。

李治早已將徐真視為絆腳石，慕容寒竹又有心壓制，高履行又如何不明白其中款曲，是故見得徐真拜帖，隨手就扔在一邊，仍舊與慕容寒竹說笑。

幽州長史高狄乃從五品下的官職，又是高履行的堂親，平素多有壓榨鄉里，欺男霸女，橫行無忌之事，靠著揣度刺史心思才得以晉升，見高履行無視了拜帖，自然曉得如何做事，當即吩咐下去，讓徐真吃了個閉門羹。

高狄尸位素餐，哪裡懂得朝中大事，幽州之地，對徐真之名也少有聽聞，徐真領了營州都尉，自然得罪營州的原班人馬，而營州都督張儉素來護短，與高履行又來往過甚，慕容寒竹又從中唆使，也難怪徐真吃了癟。

徐真早知此行不會順利，沒想到初到幽州就發生這等事情，心裡自是很不舒暢，不過他的目的地是營州，這高履行自恃也就算了，不拜會罷，反正一通拜會不過是官場明面客套而已。

可讓徐真氣憤的是，幽州城守居然不予通關，這就讓徐真憤怒了！徐真好歹也是個即將赴任的軍官，手頭有朝廷官文，又兼任巡檢觀察使，督促幽州和營州軍務，這等怠慢也就算了，居然連城關都不給通過，這不是赤裸裸的打臉！

城守校尉乃高狄的小舅子，名曰楊魁，好色無形，城中良人不知禍害多少，早從徐真入城之時，就已經垂涎凱薩與張素靈美色。

這小人不過是個井底之蛙，自以為得了高狄的信任，就可以為所欲為，見得徐真不受待見，越發不把徐真放在眼中，但徐真好歹頂著忠武將軍的名頭，對於他一個小小校尉來說，徐真可是天大的官兒了。

可這楊魁受了高狄的囑託，只推說衙門有要務在處理著，徐真這三百親兵想要通關過城，需要層層通報，得了上頭得了命令，才敢放行。

過江強龍到底壓不住地頭蛇，徐真無奈之下，只能先讓張久年安撫諸多弟兄，自己再次到刺史府上說事。

這一次卻說刺史在府上接待貴客，不便相見，又讓徐真回了。

眼看著天色已晚，徐真恨不得直接打進門去，不過高履行的老爹位極人臣，徐真也不想一上來就鬧事，只能息事寧人。

幽州城不比長安，官驛簡陋，徐真也受不了寄人籬下的氣，就換下了軍甲，常服而出，帶著凱薩和張素靈，以及周滄，四人尋個酒樓，以便瞭解一下當地風氣。

正走著，卻聽聞前方傳來哄笑聲，循聲找去，轉入一條暗巷，卻見得一群浪子圍住一名老者和一個小丫頭，正在戲弄，為首者正是楊魁。

這老者苦心辯解維護，楊魁卻是不依不饒，上去就是一陣拳打腳踢，一群惡僕如狼似虎就要抓那小丫頭，老人哀求不斷，左右支架，苦不堪言，小丫頭卻是身姿輕盈，連連躲避，將一群惡僕弄得團團轉。

周滄早對楊魁恨得咬牙切齒，今番見得這廝又在欺壓老弱，當即就要衝上去，卻被徐真攔了下來。

徐真又看了一會，眼中閃爍不定，又與凱薩相視一眼，似乎在交流著些什麼，過得片刻，才帶著周滄過去解圍。

「住手！」

徐真一聲沉喝，楊魁等人盡皆停了手，他們在街頭橫行霸道已經習慣，見得徐真這邊人少，也是頗不以為然。

可楊魁卻是認得徐真，準確來說，是認得徐真身邊的兩位美人兒，當即嘿嘿笑道：「徐將軍有何指教？」

他這一聲將軍故意提高了聲音，手底下的惡僕們到底是賤人，聽說徐真是將軍，一個個臉色驚駭，哪裡還敢造次。

楊魁卻是故意用將軍二字來刺激徐真，他早已得了高狄的囑託，不怕徐真發怒，就怕他做了縮頭龜，不敢鬧事！

只要徐真敢鬧事，高履行刺史就能夠藉故說事，讓徐真未上任就壞了個名聲！

然而堂堂忠武將軍，被一個小小校尉戲耍，這不是龍遊淺水遭蝦戲嗎？徐真再能忍讓，也不是這等受辱的做法，當即朝老者問道。

「老丈，發生了何事？」

那老者聽到將軍二字，又見得徐真貴氣四逸，本想喊一聲冤枉，順便求了徐真相救，可見得楊魁惡狠狠的瞪了一眼，也不敢再多說什麼。

這徐真到底不明身份，若只是過往，待得徐真走了，他老人家與小丫頭，可就更加受害了。

「沒……沒甚麼事……」

老者囁囁嚅嚅，小丫頭卻氣不過，指著楊魁罵道：「這個狗官仗勢欺人，還請將軍殺了這個狗官！」

老人一聽丫頭如此不懂事，嚇得臉色都發白，自古民不與官鬥，若非無知少女，誰敢口口聲聲說要殺官，這可是大罪！

楊魁正是垂涎凱薩和張素靈美色，一時無法發洩，家中女奴之屬早已染指，糟蹋習慣嫌棄不新鮮，這才出來尋找。

見得這算卦老人帶了一個水靈靈的小丫頭，就要抓回去享用，沒想到老頭子如此耐打，小丫頭又滑溜得很，一時半會兒居然未能得手。

聽到這小丫頭說要請徐真殺了他這個狗官，楊魁又好氣又好笑，這徐真也就空有官銜，連刺史府的門都進不去，到了幽州地界，山高水遠，高家根本就是土皇帝，又何懼徐真這等毫無根基的過江龍。

「好妳個無知的小丫頭，別說是個將軍，就算是皇帝陛下，也不能說殺就殺，妳當這天下沒了王法嗎？哈哈哈！」

楊魁畢竟只是個小小的校尉，也不敢正面頂撞徐真，只是將些言語來嘲笑，但徐真卻微微一笑，將目光從老者的身上收了回來。

「楊校尉，當街毆打老者，強搶民女，你若知曉王法，那可就是知法犯法了哦。」徐真笑著對楊魁說道，楊魁看著徐真的笑容，心頭卻是陡然一緊！

徐真也算久經沙場，養了一身的殺氣，此時散發出來，這楊魁才知曉害怕，頓時醒悟過來，自己一個校尉，憑什麼跟將軍叫板！

這可是一個天差地別，刺史可以跟徐真作對，甚至連長史高狄也能夠給徐真使壞，可他就是個小小校尉，若徐真發起怒來，自己又該如何承受？

他本想著要硬氣一些，可一想起徐真那笑瞇瞇的樣子，心裡就直發顫，只得支支吾吾帶著下人離開，又連忙到高狄那邊去告密。

老人見楊魁走了，非但沒有歡喜，反而更加的擔憂，見得楊魁臨走之時留下的威脅目光，老人眉頭都皺了起來。

那小丫頭卻是不同，雖然徐真並沒有如她所說，殺了楊魁這個惡人，但起碼把惡人給趕走了，小丫頭連忙過來感恩。

徐真也不理會這小丫頭，徑直走到老人的面前來，笑吟吟地問道：「老丈，你分明可以輕而易舉將這群人殺乾淨，為何要隱忍到這等地步？」

聽了徐真這話，老人和小丫頭臉色頓時一變，雙眸之中同時散發出驚人的殺機來！

周滄是何等英雄，那是歷經生死的人物，感受到這等變化，早已抽刀在手。凱薩雖然長久不得戰鬥，但身為頂尖刺客，機警萬分，雙刃早已暗藏在背後。

老人見得徐真這邊架勢，目光頓時柔和起來，將那小丫頭拉回了自己的背後。

徐真從頭到尾只是負手而立，見得老人主動放鬆了警戒，這才笑道：「一起喝杯酒？」

第一百三十七章

真人賜酒徐真中計

幽州城不似長安，夜不設禁，楚館青樓勾欄瓦舍熱鬧非凡，鶯鶯燕燕往來招呼，酒樓飯館熙熙嚷嚷，徐真也不敢高張，請了老者和那小丫頭到了一家酒樓，尋了個雅座，分而入席。

這酒樓名為萬隆勝，在幽州也不算太大的名氣，跑腿子先上的馬奶酒，權當茶粥來喝，徐真捏起一隻空樽，輕輕推到了老者的面前，老者眉頭一挑，全無先前的唯諾與卑微。

徐真雙眸頓時一亮，暗中提了一口氣，手掌猛然往酒樽上一拍。

「嘭！」

老者身側的小丫頭被嚇了一條，騰得跳了起來，只見徐真的手掌平按於案几之上，攤開手之時，案几上卻空空如也，想像中的酒樽碎片連一丁點碎屑都見不著。

凱薩和周滄雖然跟隨徐真長久，見識徐真幻術的機會也不少，可仍舊被徐真這突如其來的一手給震撼到了！

老者非但沒有任何驚訝，眼眸之中反而有一種早有意料的泰然，待得徐真縮回手中，他才毫無形象的撓了撓身子，手掌往空中虛抓了一把，而後輕輕平放於徐真的案几前面，又緩緩抬起手來，案几上赫然是一隻酒樽！

「果真是同道中人！」

徐真心頭大喜，其實早在楊魁等人圍堵老者與小丫頭之時，徐真就看出這老者的不凡，雖然他一直挨打，看著淒慘，實則楊魁根本就不能傷他分毫！

因為這老者看似左支右絀躲閃不及，實則暗用骨肉挪移之法，雖不似七聖刀秘法，卻有著異曲同工之妙！

既然知曉對方乃是前輩高人，徐真也不敢怠慢，當即離席執晚輩禮，問候道。

「小子不敬，還望老神仙原諒則個，敢問老神仙名諱。」

老者微微抬起眼眉，似乎也頗為賞識徐真適才那一手，且徐真稱呼一聲老神仙，老者也似乎很是受用。

徐真向來對玄學感興趣，對後世的道門也有所瞭解，這道門中人也分個三、六、九等，諸如呂祖之類，修得天仙之後仍在世間遊走之仙人，名曰天真道；修得地仙仍留人間者為神仙道；如三國時戲弄曹操的左慈，便是神仙道。

修得高深道術即將成仙者，為幽隱道；了卻紅塵入山修行者，名為山居道，於道觀內修行者為出家道；在家修行稱之為火居道。

這位老者顯然是一名得道的羽士，徐真以老神仙稱之，卻也絕不為過，果見老者泰然受之，微笑著朝徐真說道：「少郎君客氣了，山野老朽，賤名不值一提，若不嫌棄，就稱呼一聲青霞子。」

「青霞子？」徐真心中疑惑，這名號倒是沒甚印象，他雖熟讀史書，卻總不能過目不忘，且民間多奇才怪客，山野不乏異士能人，為世所不容，故不入史冊，徐真自然也無從知曉。

豈不知這青霞子名為蘇元朗，乃隋唐名道，曾隱於句曲山（現在的茅山）修道，得司命真秘，又曾修道於羅浮山青霞谷，故自號青霞子。其人多詭異之術，著《旨道篇》，闡內丹修煉之法，又鑒於《古文龍虎經》、《周易參同契》等，纂《龍虎金液還丹通元論》，歸神丹於心練，開創道修一片新天地。

徐真不得其名，卻不敢輕心，又行禮道：「原來是青霞天師，小子徐真，得拜尊容，榮幸之極！」

青霞子微微一笑，只是擺了擺手，等待徐真歸座之後，伸出一指來，點在徐真的酒樽邊沿上，只見酒樽底子慢慢浮起翠綠的玉液，馨香撲鼻，瀰散開來，令人神清氣爽，通體舒暢。

「徐小友，若我沒看錯，你該是修習了易經洗髓的內功，又得了些外域的功法，此乃老道山中所釀，名曰遲虎，可凝聚氣息，淬煉經脈，權當見面之禮了。」

徐真微微一愣，心頭頓時湧起驚濤駭浪來，他雖修習幻術，但很清楚幻術之本質，不過是些掩人耳目的手法罷了，就連李靖親傳的易經洗髓內功，也不過是調節氣息的養生之法，七聖刀與瑜伽術則鍛練骨肉之柔韌與強固。

而青霞子此時所展現者，乃地仙之風骨，說實話，徐真是又驚又疑，這老者可算是徹底顛覆了徐真的以前認知，雖不願相信，可心中總有一股衝動，情願堅信此老乃真正的得道之人！

「徐真謝過天師賜酒！」徐真也不馬虎，拱手為禮，將那玉液一飲而盡，只感覺酒液如冰涼清氣入喉，順著胸膛絲絲融入體內，通達四肢百骸，精氣神為之大振！

周滄聽青霞子說得出奇，眼睜睜看著徐真喝酒，咕嚕嚕咽著口水，搔了搔頭，腆笑著要討酒：「神仙爺爺，這等好東西，可否讓俺周滄也嘗嘗？」

青霞子見周滄率真耿直，坦蕩如赤子，心生歡喜，又在周滄的酒樽一點，後者頓時看著慢慢冒出來的玉液眉開眼笑，仰脖飲盡，恨不得連酒樽都吞下去。

凱薩素來冷淡，雖覺著仙酒珍稀，卻仍舊低垂著眉頭，青霞子反倒主動開口，用的卻是純正的突厥語。

「這位姑娘殺氣太重，不適合喝這遲虎酒，老道就贈你一段寧神香吧。」言罷，從袖中取出一枚香囊，凱薩倒是有些拘謹，小心著接過，點頭算是道謝，青霞子似乎看透了凱薩性情，不以為意，身邊那位小丫頭卻撇了撇嘴，顯然對凱薩之輕慢頗為不滿。

張素靈也得了一枚香囊，不過她出身教坊，嘴巴甜膩，為人機靈，頗為討喜，那小丫頭與之年紀相仿，反倒熟絡了起來。

所謂無功不受祿，徐真等人都得了老道饋贈，心裡也有些過意不去，但想著人家既然是得道高人，又何需爾等凡夫俗子之回饋？

又客氣了一番，酒菜也算是上來，這青霞子餐霞飲露，對人間煙火自是不屑一顧，小丫頭卻毫不矜持，狼吞虎嚥起來。

徐真正要問些吐納修練的法門，卻只覺渾身麻木，眼前老者帶著詭異笑容，竟然縹緲虛無起來，強忍著頭暈目眩支撐了片刻，卻聽得咚咚兩聲，周滄與凱薩已經倒下，再看張素靈，也是搖搖欲墜。

「糟糕！中計了！」

徐真心頭暗道不妙，然而只聽得青霞子低喊了一聲「倒！」，眼前視野已然黑暗了下去。

四人剛剛倒下，即有人走了進來，正是那幽州府長史高狄和城守校尉楊魁！

「哼！晉王，哦不，太子殿下果真懦弱無為，連個小小忠武將軍都不敢下手，也虧得有崔先生這等王佐之才，果敢決斷，這山高水遠的，赴任將軍途中遭遇盜賊，橫死荒野之事，又有何奇？」

楊魁嘿嘿賊笑，一雙狗眼卻不斷往凱薩和張素靈身上掃來掃去，奉承著高狄道：「姑爺果然好膽色！待小弟這就結果了他！」

楊魁說著就抽出利刃來，那青霞子與小丫頭眉頭緊皺，卻退到一旁去，不再言語，看著徐真等人，眼中多有羞愧與難言的痛苦。

高狄見楊魁拔刀，反手就是一巴掌，抖著鬍子罵道：「此人如何處置，該聽高刺史與崔先生的話，何時輪到你來動手！還不叫人進來，將這些人一併送到我府中！」

楊魁捂著滾燙辣痛的臉頰，唯唯諾諾應承著，慌忙驅使了那些個下人進來，將徐真幾個抬走，心裡卻嘀咕著，口口聲聲說要交於刺史，還不是看中了這兩個小娘子的姿色？到了府中，說不得自家先享用一番，這才獻給刺史和崔先生發落吧。

這高狄也確有此意，他本就是個好色之人，又怎會放過凱薩與張素靈這等絕色美人，看著成熟豐腴又妖嬈的凱薩，又看看清純玲瓏的少女張素靈，一股邪火頓時從小腹升騰起來，高狄恨不得馬上回府，好生享受一番。

青霞子見高狄要走，連忙上前問道：「高長史，您答應過的……既然事情已經辦妥，您看我家少爺……」

高狄正在興頭之上，見得這一老一小，頓時起怒，指著青霞子就罵：「沒眼的老狗！沒看到本長史要處理要緊事兒嗎？本長史一言九鼎，過幾日就把那窮酸給放了，休要在此聒噪！」

罵了一通之後，高狄又朝青霞子身邊的小丫頭掃了一眼，看了看小丫頭稍稍隆起的小胸脯，又想起凱薩之豐腴，頓時沒了將小丫頭一同帶走的興致，匆匆下了酒樓，喜滋滋地帶著楊魁等人回府去了。

青霞子長嘆一聲，看著徐真四人落難，想起徐真對自己的救助和禮待，又於心不忍，可想起幽州死牢之中那人，最終還是咬緊牙關，帶著小丫頭離開了酒樓。

且說張久年將諸多親兵都安頓於城外，眼看著城門就要關閉了，自家主公還未曾回來，心裡不由擔憂，細細思量了一番，終究是放心不過，又怕引人注意，遂孤身入城來尋。

徐真器宇軒昂，周滄身長九尺，面容猙獰，凱薩與張素靈又清麗脫俗，極容易辨認，張久年一路問來，很快就來到了萬隆勝。

那酒樓的人哪裡敢得罪幽州長史，只推說未曾接待過此等客人云云，張久年老謀深算，察言觀色更是洞若觀火，又豈能看不出其中隱情？

既然酒樓之人刻意隱瞞，張久年知曉情勢不妙，也不糾纏，匆匆下了樓，到附近商鋪住宅都問了，卻無人敢回應。

正不知所措之時，卻見得一處卦攤子，算卦者頗有道骨仙風，旁邊還陪著一個未及豆蔻的小丫頭，張久年當即就疾行過去！

第一百三十八章

軍師測字大膽入府

且說張久年心繫徐真安危，孤身入了幽州城來找尋，卻四處碰壁，毫無頭緒，正束手無策，見得萬隆勝酒樓外不遠處有一卦攤子，當即上前諮詢。

只見旗挑子上書「妙算天機」四字，占者乃一黃服道人，鶴髮童顏，頗有風骨，旁邊陪著一個水靈靈的機敏小丫頭。

張久年上了前來，將幾枚大錢輕輕放入攤子前的陶罐之中，老者微微一笑，朝張久年問道：「這位貴人是要問前程，還是算姻緣？」

以青霞子察言觀色，識人相面望氣之術，又怎會看不出張久年一身的士氣，想到徐真還有三百親兵駐紮於城外，自然輕易推敲出了張久年身份來。

張久年只是報以淺笑，淡淡說了一句：「可問凶吉否？」

「自是可以，小道出身句曲，測字、抽籤、裂甲、筊杯無一不精，不過貴人雲煙青純，書墨之氣甚濃，想必也是雅士，不如就測字吧。」

「如此甚好。」

張久年也不拖延，知曉這老人有心提醒，只借著占卦來說事，當即抓了毫筆，待小丫頭研磨了硯臺，飽蘸濃墨，筆走龍蛇，卻是寫了個徐字。

「好字！」

青霞子見得張久年筆勢張弛有度，筆鋒柔中帶剛，禁不住讚了一句，手指輕叩，又掐指計算了一番，這才開口道：「徐者，二人余也，餘者，人立於禾也，想必貴人所占者，並非自家，乃是親朋之屬，不過形勢卻頗為不妙，這禾草乃牢獄鋪墊之物，想必貴人親朋已然遭了牢獄之災，能倖免者，僅二人也！」

張久年一聽此話，心頭頓時冰涼，徐真帶著周滄、凱薩和張素靈，一行四人，若只餘下兩人，想必定是凱薩和張素靈要遭難！

不過他到底是久經風霜的謀士，喜怒不形於色，暗自壓抑了心中憂慮，又說道：「今次卻要測我朋友的去向了。」

說著又寫下了一字，本想順手寫個真字，卻又擔心洩露了徐真的身份，遂改成了滄字。

青霞子這次沒再誇讚張久年的字，因著張久年確認了徐真等人已經落難，心緒到底受到了影響，這大行書也就變成了小張草。

「滄者，有水，主北方，倉者，或曰庫，想必貴人的朋友往北方去了，這有倉有庫的人家，非富即貴，相信很容易就能找到了。」

徐真等人不見蹤影，結合今日到府衙的經歷，張久年第一個懷疑的就是幽州府的人，如今又得了青霞子的提點，心頭越發篤定，又取了幾個大錢，謝過了青霞子之後，辨認方位，直往北面大街疾行。

見得張久年匆匆離去，青霞子連忙和小丫頭收了攤子，轉入小巷之中，卻是悄悄尾隨張久年後頭。

「此人必是徐真幫手，他步履沉穩，體態敏健，必是練武之人，又寫得一手好書，想來該是徐真的幕僚軍師了，咱們跟著去，說不定能夠渾水摸魚，將少主給救出來！」

青霞子如此提議，小丫頭自無不允，二人中途又嫌笨重，將算卦挑子都丟棄，只撿緊要的東西揣起來，不多時就跟著張久年的身影，來到了長史高狄的府邸。

這高狄平日欺壓鄉里，搜刮膏脂，府邸也是頗為氣派，恢弘大氣，一如趴伏的金蟾那般，門口還有衙役值守，多有森嚴之氣。

張久年假意路過，來回巡視了三兩次，查看清楚占地情況和方位，以及周邊道路出口等，這才繞到了高府的後門。

這高府果真是門禁森嚴，居然連後門都有兩門護衛，張久年撚了撚長鬚，冷笑一聲，整了整衣裝，徑直走向門口去。

兩名護衛正想著換崗之後到青樓去耍個樂子，竊竊聊著關於昨夜姐兒們的齷齪話，見得一名文士打扮的人走過來，連忙收了聲，握住刀柄，故作威嚴喝道：「甚麼人！長史府邸在此，敢不止步！」

張久年也不停頓，一臉冰霜，不怒自威，他到底是在軍中多時，運籌帷幄，養出了一身高深莫測的氣度來，那兩個護衛目光為之一滯，也不敢抽刀。

青霞子與小丫頭暗自跟著，見張久年徑直走到門口，正疑惑著，不知張久年如何過得這門禁，按理說長史高狄為人貪婪，上樑不正下樑歪，塞些財物給這兩個門禁，說不得就能進去了。

可青霞子很清楚，自從抓了少主之後，長史府邸的護衛也就嚴謹起來，若無可靠身份，想要通過賄賂，是不太可能進得高府院門的。

哪裡想到張久年並未掏銅子，而是上前去，啪啪啪將那呵斥他的護衛給摑了幾大耳光，口中還兀自罵道：「沒眼的狗奴！連刺史府的也敢攔，高狄就是如此教爾等做事嗎？」

張久年指名道姓，刺史府上又與高狄長史多有往來，這兩個護衛也是被張久年的氣度所震懾，一時間居然被打懵了！

見這兩個雜魚失了神，張久年又大聲喝道：「還楞著幹甚麼！難不成還要我請你們開門嗎？耽誤了刺史的要緊事，少不得將你兩個扒皮拆骨！」

那挨了巴掌的護衛心頭一凜，連忙顫抖著手，從腰間取了鑰匙，戰戰兢兢就開門放了張久年進去。

過了門檻之後，張久年才長長出了一口氣，可眼前庭院深深，他也不清楚徐真等人被虜至何處，其時眼看著入夜了，府中各處開始掌燈，奴婢僕人往來遊走，或送飯食，忙忙碌碌，耳目眾多。

為求穩妥，張久年轉了個彎兒，跟著一個伙夫模樣的家丁，尋到了柴房來，趁著伙夫做事，一記手刀將其砍翻，換上了伙夫的衣服，開始在府邸之中搜尋起來。

青霞子沒想到張久年如此正大光明就進了府，細細一想，又不禁被張久年的膽大心細所折服，這等揣測人心的智慧，實非簡單之輩了！

不過他可沒有張久年這等氣質與魄力，朝小丫頭使了個眼色，後者撇了撇嘴，嘟嘟囔囔就走了出去，到了後門前卻假意慌張起來。

兩個護衛正談論張久年是何人物，不得其解，遂回到了正題，說到哪家的小丫頭眼看著就要發身子的，小荷才露尖尖角，正適合採摘云云，心頭邪火往上升騰之時，正見得一個小丫頭慌慌張張，似乎迷了路，二人不禁邪笑起來。

這小丫頭假裝得是維妙維肖，只作欲說還羞的問路樣，見得這兩人邪笑，連忙作勢慌亂要走，卻被兩人攔住了去路。

「小妹子，是不是迷路了？哥哥帶妳回去可好？」這兩個漢子也是急色的鬼，張牙舞爪就要來捉小丫頭，沒想到小丫頭嘿嘿冷笑，卻是灑出了一片白煙，漢子兩眼一翻，頓時昏倒了下來。

別看小丫頭嬌小柔弱，竟然能舉重若輕地將這兩人輕輕放倒在地，青霞子連忙走過來，取了鑰匙開門，將兩名護衛都拖入後院之中，不多時兩人就換上了護衛的衣服，熟門熟路地往地牢方向而去。

且說徐真修習過易經洗髓內功，吐納氣息自有不同，不多時就醒了過來，卻發現自己身陷囹圄，周滄還在兀自昏睡，連忙將周滄給喊起來，叫了幾聲不見醒，就掐了周滄的人中與合谷，後者終於是從地上彈了起來。

徐真四處掃了一圈，偌大的鐵牢除了他與周滄，居然還有另外一人睡在裡面的稻草鋪上，不由將那人喊了起來，問了一通，才知這是長史高狄的地下私牢，頓時恨得咬牙切齒。

周滄力大，抓住鐵門的柵條就要掰開，只是這手臂粗的鐵柵又如何能拉開？

徐真鞋底向來藏著開鎖之物，可這一次卻是連鞋子都被脫了個乾淨，開門不得，又生怕凱薩和張素靈遭了毒手，心急如焚不提。

周滄也是被脫得只剩下褲衩，身無長物，又該如何開了這鐵門？

正躊躇間，卻發現牢中那人一身完好，青衫白面文士作派，連忙上前來問：「敢問兄台高姓大名？因何事被害於此？」

那人也就二十郎當歲，面如冠玉，唇紅齒白，劍眉入鬢，端的是一表人才，風流倜儻，聽了徐真問話，眉頭頓時皺了起來，顯是不想透露自家身份。

然而看徐真問得坦誠，這青年文士也就拱手為禮，回話道：「某姓苟名仁武，因得罪了幽州長史，這才被私囚於此地……敢問兄弟名號？」

徐真下意識搜羅記憶，於史料記載之中，並無苟仁武此人，不免一番失望，但還是告之以姓名，繼而問道：「仁武兄可想著離開此地？」

苟仁武面色頓時一變，生怕徐真與周滄乃是高狄安插進來的內應，不敢隨便答應，只是擺手搖頭，故作驚駭。

徐真也不強人所難，看中了苟仁武頭上的一根簪子，遂厚顏相求，苟仁武不知徐真要這簪子何用，但見徐真生得磊落，頓生好感，拆了簪子下來，一頭青絲卻如瀑般垂落，頗有一番風姿。

徐真心憂凱薩和張素靈，哪裡還顧得上這些，將那簪子的花絲兒捋直了，插入到鑰匙孔中搗弄了片刻，那鐵索居然啰嗒一聲，打開了！

苟仁武本以為徐真只是玩笑，沒想到居然真的打開了牢門，當即走了幾步，朝徐真懇切求道：「徐真兄弟，可否帶我一同離開？」

第一百三十九章

長史府邸三俠虎膽

大唐法度嚴謹，有唐律約束規整，但有官員濫用私刑，必受重責，然而這高狄卻於自家府邸之中建造地牢，可見其目無法紀到了何等地步！

徐真對苟仁武之身份也是頗感興趣，此人風度翩翩似文人雅士，然舉手投足之間又沉穩內斂，顯示出極為深沉的內家功夫底子，且徐真從其手中接過簪子之時，格外留意了一番，此人手上有厚厚的繭子，必定常年捉刀舞槍，指肚處有著怪異痕跡，顯示其為善射的弓手。

諸多因素加於一人之身，頓時迷霧重重，只能說，這苟仁武絕非簡單之輩，否則也不會被高狄單獨囚禁於此。

徐真聽到苟仁武的請求，心中也是有所憂慮，畢竟對其身世並不瞭解，若是個殺人如麻的惡徒，如此輕易放將出去再為禍人間，卻待如何？

苟仁武見得徐真遲疑，連忙解釋道：「徐真兄弟切勿多慮，某只不過是沒落士族之後，不願受人驅使，遭了高狄忌恨，這才關押在此，若徐真兄弟放心不過，可將苟某綁將出去，若苟某是那傷天害理之輩，但求一死則已！」

徐真心掛凱薩與張素靈安危，這苟仁武又說得坦誠真切，頓時再無疑問，招了招手，苟仁武頓時跟了上來。

三人一同脫了鐵牢，卻見前面有兩名獄卒在行令飲酒談笑，面紅耳赤，周滄不由分說，疾行而來，颳起一股黑風這般，那獄卒頓時警覺，抽刀來砍，卻被周滄一腳踢飛，撞在牆上，頓時昏了過去！

另一名獄卒見周滄如此勇武，掉頭就跑，連忙呼喊救援，卻被徐真一把拖住後頸，其人驚駭，回身揮刀劈來，徐真稍稍閃避，躲過刀頭，猝然欺身而上，肩頭撞靠於對方胸膛，卻又扣住對方手腕，待得那人倒地，長刀已然換到了徐真的手中！

徐真將長刀抵住獄卒咽喉，問清楚了高狄住處，這才一腳將其踢昏過去，周滄取了一柄刀，苟仁武見壁上懸掛刑具，琳琅滿目，遂摘了一根蒺藜鞭，隨著徐真與周滄逃出牢籠。

出得牢門，又見地面上七八名家將四處巡遊，將這地牢看守得密不透風，徐真也顧不上細細商議，只怕晚了一步，凱薩和張素靈就要受高狄玷污，便留下周滄與苟仁武二人，自己卻施展了凱薩親傳的身法，貼牆而走，無聲無息，如融入夜色之中的暗影！

高府之中雖四處掌燈，然地牢入口處於後院偏僻之處，燈火不能及，夜巡家將多舉火照明，眼見高狄抓回兩個絕色娘子，正想借夜巡之機，到高狄房後聽聽動靜，以解饑渴，沒想到剛剛轉身，口鼻就被大手捂住，後腰一處穴位遭遇重擊，整條脊梁骨酥麻起來，頓時昏了過去。

徐真放倒一人之後，又快步襲向第二人，周滄與荀仁武相繼而出，三人都非尋常之輩，雷霆出手，不多時就悄無聲息放倒四五名家將，連忙拖入到地牢之中，又換了家將的衣物，拿捏了家將的長刀，出門往高狄房中而去！

此時高狄也是好不為難，見得凱薩與張素靈昏睡於榻上，如那玉脂所塑的天仙一般，他色瞇著雙眼，咽口水搓著手，不知該先吃哪一個。

這高狄也是辣手摧花之輩，見張素靈水嫩嬌小，想來該是處子之身，頓時邪笑著撲在了張素靈的身上，鼻子輕輕一嗅，少女那幽蘭一般的純香撲鼻而入，頓時引爆了高狄體內的邪火！

正欲行那不軌的禽獸之事，房外卻傳來呼喊尖叫，金鐵相擊之聲不絕於耳，透過窗隙可見火光四處搖曳，想必是發生了騷亂了！

高狄橫行鄉里，魚肉百姓多時，唐人尚武，平素多有行刺之人，他也見慣不怪，平素照樣是高枕無憂，今次也不放在心頭，嗤啦一聲就撕開了張素靈胸前衣物，那雪白肌膚泛著淡淡白光，高狄只覺渾身熱血在燃燒，一顆小心肝兒狂跳不止，噘起一把豬嘴就要去啃張素靈。

正當此時，張素靈也是悠悠醒來，見得如此醜惡的嘴臉，連忙用手抵住這惡人的下頜，雙腿合併，妄圖用膝蓋頂開這禽獸！

高狄也沒想到張素靈會醒來如此及時，不怒反喜，若毫無知覺，做那事兒反倒沒了趣味，這嬌滴滴的小娘子越是掙扎，滋味豈不是越甜美？

張素靈身手不差，可畢竟沒有正經修習過武藝，拳腳都是教坊之中的健舞，中看不中用，這高狄身子又笨重，張素靈眼看著無力反抗，心如死灰，悲憤難當。

她一邊死死抵擋，一邊高聲尖叫，凱薩卻仍舊沉睡著，那高狄也是越發憤怒，體內邪火頓時化為無窮的大力，張素靈是想死的心都有了！

這一聲聲尖叫雖未能喚醒凱薩，卻讓附近的徐真聽了過去，然此時的徐真也是苦不堪言，中途遭遇楊魁所領的二十餘家將，此時正生死惡鬥，根本抽不開身來救張素靈。

徐真本想著處處留手，畢竟無仇無怨，然此時情勢危急，他若再遲疑，張素靈可就清白不保了。

一股戾氣頓時從徐真心底洶湧而出，手中長刀上下翻飛，竟如脫胎換骨，若說剛才的徐真似那震懾四野的巨角雄鹿，此時就是呼嘯山林的猛虎。

這些個家將橫行霸道，也不知造下多少罪孽，周滄出生綠林，自然不會留手，苟仁武被關押在地牢，受盡屈辱，更不可能手下留情，一時間三人殺透了一條血路。

諸多家將奔走呼叫，雖然膽怯心驚，人頭卻是越聚越多，不敢與徐真三人肉搏，卻是取了弓弩過來。

楊魁素來強硬狠辣，曾經參與過幽州北部的剿匪，與大隋殘部發生過激戰，可算是這些人中的戰將，見得徐真兇猛，不敢與之爭鋒，如今覷準了時機，就要過來偷襲。

徐真剛剛劈翻一名高大的虯鬚家將，只感覺背後一陣冰涼，而後寒毛頓時倒立，出於本能偏頭躲避，一柄長刀從其臉邊飛過，在他臉上劃出一道長長的傷痕，頓時血流如注！

見得自家主公受襲，周滄齜目欲裂，咬碎一口鋼牙，握了雙刀就砍向楊魁，這楊魁被周滄的威風嚇了一跳，慌忙退走，弓手卻是頂了上來，朝著周滄一頓亂射。

「大個子！給我回來！」

徐真見得周滄不死不休，心頭大駭，連忙呼喊起來，然而周滄熱血上了頭，哪裡聽見徐真的言語，左右齊發，雙刀揮舞起來，水潑不進，羽箭紛紛被他撥開，也有強勁的弩箭被周滄掃斷了尾，箭簇卻刺入周滄身軀。

然周滄心繫徐真安危，一如漢末三國之中的絕世忠勇虎賁典韋，視那漫天箭雨如無物，雖身背數箭，卻悍不畏死，終於撞入弓手人群之中，四處砍殺！

徐真見周滄為自己拚死，一股熱流充斥心頭，殺意洶湧上來，逼得他雙眸血紅，拖刀而走，疾行變狂奔，衝向那該死的楊魁！

楊魁藏於人群之中，見徐真如狂怒的鬥獸，心頭也是凜然，連忙將身邊的僕從都推上前去。

徐真慣用長刀，又久經沙場，數十家將簡直如酒囊飯袋，雖手中長刀並非自己那一柄，卻也勉為其用，衝入人群之中猶如猛虎下山，頓時殺了個通透，血花當空噴灑，家將哪裡抵擋得住。

荀仁武一條蒺藜鞭如毒蛇出洞，纏住一名家將的脖頸，猛力一拉扯，後者脖頸都斷了大半。

見得周滄與徐真殺入敵陣，荀仁武又怎可落後於人，眼看著一名弓手要對徐真放暗箭，當即揮出鞭子，將那人抽飛了出去，棄了鞭子，撿起硬弓，單手撚起三支羽箭，拉弓如滿月，那尋常楊木弓不堪重負，吱嘎直響。

卻見得三支羽箭如有靈性一般分而激射出去，三名高府家奴居然應聲倒地。

「三箭連珠！好俊的箭術！」

徐真見識荀仁武這手驚人箭術，心頭頓時浮現出一個推斷，不過此時無暇深思，抖落長刀上的血跡，綻開三四五朵血花，再次殺向楊魁。

荀仁武又撚起三根羽箭，那些個家奴早已嚇破了膽子，紛紛往府邸深處逃走，荀仁武拉滿弓，那弓卻不堪重負，喀嚓一聲，居然崩斷了！

家奴見此情勢又要衝上來，荀仁武卻奪了另一張弓，這次不敢三箭連發，彎弓搭箭如行雲流水，這廂才剛射出一支，第二支已經再次射出，中間空隙不過呼吸之間，且指那打那，百發百中，無一虛發。

楊魁見得三人勇武，瘋狂逃走，周滄卻驅散了眾多弓手，抬起右手刀，猛然擲了過去！

「噗嗤！噗嗤！」

周滄力大，長刀將前面家奴洞穿而過，又撞上後面一名家奴，直接將那名家奴撞飛了出去，可見蠻力何其大也！

徐真砍翻一名家奴，楊魁無處可藏，咬了咬牙，硬著頭皮捉刀上前抵擋，徐真心頭憒懣，手下毫不留情，長刀鐺鎯打飛楊魁手中刀，再復一刀，將後者腦袋砍下半顆來！

家奴早已心驚膽戰，肝膽俱裂，見得楊魁身死，群龍無首，頓作鳥獸散。

周滄身上還插著三四根羽箭，然而他皮糙肉厚，竟視這等小傷於無礙，隨手將羽箭拔出，投擲於地，面不改色，看得苟仁武目瞪口呆，驚讚道：「真乃典韋再世也！」

周滄嘿嘿一笑，朝苟仁武回到：「仁武兄弟的箭術也是俊到了不得！」

徐真三人相視而笑，豪氣沖天！

正當此時，高狄房中再次傳出尖叫聲，然而這一次並非女聲，而是高狄那殺豬一般的呼喊。

徐真三人飛快衝入房中，卻見得張素靈滿手鮮血，手中還握著一根簪子，而高狄躺倒於地，下檔鮮血直噴！

第一百四十章

驚蟄一震全城轟動

張素靈畢竟是教坊出身，見慣了這等強逼良家之事，掙脫了高狄的壓制之後，果斷拔下頭上髮簪，將高狄的那話兒給刺了個稀爛，正欲將這惡徒給刺死，徐真三人已經衝撞入了房中。

她畢竟只是個少女，遭遇這等事情又豈能不驚怕，只是關鍵時刻，一顆心肝兒強硬起來，如今見得主公來救，才知後怕，手腳都顫抖了起來。

周滄是個粗漢子，見得張素靈衣衫不整，老臉頓時通紅起來，扭頭到別處，這苟仁武是個知書達理的人，自然非禮勿視，徐真連忙走過來，用被單將張素靈給裹了起來，後者撲入徐真懷中，這才哇一聲哭了出來。

張素靈乖巧調皮，素來討喜，周滄等老哥哥們又對她疼愛有加，當即將怒火都發洩到了高狄的身上。

周滄乃是綠林出身，殺人不眨眼的豪強，當即就要一刀結果了高狄的性命，卻被徐真出口喝住。

「此人乃幽州長史，不可輕殺，先帶回營中，讓那高履行來領人！」

周滄憤憤地將高狄踢到一邊，抓起房中香爐，將香灰盡數倒在那狗官褲襠的傷處之上，這才抓起他一條腿子，如死狗一般拖出門外去。

徐真安撫了張素靈之後，又刺了凱薩的人中與合谷，凱薩猛然驚覺，見得是徐真，這才放下心來。

苟仁武趁著這個空當，又到房中搜索了一番，這高狄也是個虛榮之人，將諸人當成了獵物，戰利品則擺設於房中，其中就有徐真的長刀、周滄的陌刀、以及苟仁武的長弓。

苟仁武也不知徐真二人使何兵刃，當即扯了一張幕布，將兵刃都包裹起來，徐真和凱薩等人得了自家兵刃，頗為趁手，正欲衝將出去，卻見周滄又折了回來，這才開門，羽箭如潑水一般射進來，鐸鐸頂在門戶之上！

「是城中郡兵到了！」

周滄咬牙切齒，將自己的陌刀提起，就要殺將出去，卻被徐真給阻攔了下來。

高狄如死狗一般在地上哼哼吱吱，徐真也懶得理會，見外面箭雨停歇，透過窗洞看了出去，見得郡兵、徧役、民夫全數武裝起來，圍在了房外，為首一員猛將虎背熊腰，豹頭燕頷，氣度非凡。

「裡面惡徒聽著！速速放了高狄長史，否則必將爾等碎屍萬段！」

徐真見對方人多勢眾，也是壓下怒火來，捏了捏長刀，泰然推開房門，長身而立，渾然不懼！

對方見徐真現身，弓箭拉得吱吱作響，徐真頓時成為了眾矢之的，然而他卻冷笑一聲，朗聲喝道：「何人敢放肆！某乃大唐營州都尉、忠武將軍徐真，被這狗長史設計拿了，又囚困於私獄之中，爾等助紂為虐，屠害善良，今番還不速速放下兵器！」

徐真可是跟聖上都敢開玩笑的人，又每日到李靖與李勣處問安，平素接洽者都是朝中貴胄大員，又歷經生死數戰，早已養出一身的威嚴與殺氣，此時一言既出，震懾全場，這些人就算見不到徐真的文書，也已經信了他的話語。

那虎將分毫不讓，前行兩步，朝徐真行禮道：「某乃幽州果毅都尉楊庭，不知長史與將軍之間發生了何事，只是將軍在此殺傷眾多無辜，楊某斗膽，還請將軍束手就擒！」

徐真一聽楊庭如此說話，又見楊庭面容悲憤，想來該與那楊魁有些親屬瓜葛，心知口舌無益，心中不由暗嘆。

周滄跟隨徐真久矣，知曉今次是不死不休之局，當即將高狄給提了起來，碩大的陌刀架在高狄的脖頸上，聲如炸雷道：「識相些開了一條路來，否則爺爺將這狗官劈成雜碎齏粉！」

見得如此情勢，高狄之兒女、妻妾、管家等全數來求楊庭，莫使高狄受了傷害，高家主婦更是呵斥道：「楊庭！還不命人放開路來！」

高狄疼痛難耐，被周滄一番拿捏，牽扯痛處，當即惱羞成怒道：「楊庭！放他們走！」

楊庭無可奈何，只得大手一揮，諸多郡兵與衙役都紛紛避讓。

徐真帶著幾個人就要出門，卻看到府邸西面煙霧瀰散，大火沖天而起！不多時就有數名煙薰火燎的下人慌張張來報。

「不好了！府邸走火了！必定是這些人的同謀在作祟！」

楊庭迫於無奈，只能遣人前去滅火，這廂卻仍舊緊盯著徐真，伺機而動，只要一有破綻，說不得要將周滄給射死！

「楊都尉，帶人退出府邸吧，我可不會再說第二遍！」

徐真猛然抽刀，那長刀鋒刃迷迷濛濛一層藍白寒光，如流華一般，真真是一柄絕世寶刀！

然而楊庭卻不敢自作主張，他已經派人到刺史府上報告，一切自然要聽從刺史安置，若擅自放走了徐真等人，高府這些老弱婦孺無事，自己卻要受到牽連。且他還要替弟弟報仇，又怎可輕易放了徐真離開。

這長史高狄也是色鬼迷了眼，居然對忠武將軍下手，雖然徐真趕赴營州，只帶了三百親兵，可畢竟也是朝廷正式軍官，此舉無異於造反，若非幽州營州山高水遠，何人敢如此造次。

若此時揭發出去，莫說高狄，就是刺史高履行也跑不了，這等時候，刺史只有一個選擇，那就是棄車保帥，將高狄推到前面去。

既是如此，高狄難免一死，此時已經毫無價值，又何須顧忌他的性命！抓住了這次機會，他楊庭可就能夠成為高履行之心腹，所謂無毒不丈夫，慈不掌兵義不掌財，今次不狠辣果決，可就時不再來了。

腦中飛速算計了一番，楊庭終於下了死心，緩緩舉起右手來，猛然捏起拳頭，斷然下令道：「格殺勿論！放箭！」

徐真心頭猛然一驚，他見慣了朝廷傾軋，又如何不懂此間道理！只圖楊庭沒有這等魄力罷了，沒想到這楊庭也真是個梟雄樣的人物。

張久年與青霞子三人放了火之後，一直躲在屋頂上，關注著徐真等人的動向，見得楊庭要放箭，小丫頭眼淚就湧了出來，低聲叫喚道：「少主！」

眼看著諸多弓手拉滿了長弓，張久年終於忍耐不住，一躍而起，高呼著：「休傷了我家主公！」

楊庭與諸人放眼望去，卻見一儒生打扮的刺客傲然而起，身後是一老者和少女，那儒生暴喝一聲，卻是猛然擲下一物來。

張久年是何等老辣的謀士，孤身入城尋主公，自然不能沒了後手，這驚蟄雷體積不小，又生怕相互碰撞走了火，故而只帶了一枚，本來只是未雨綢繆有備無患，沒想到主公居然身陷危急，當即投了下去。

這些個遠郡刁民，何嘗識得驚蟄雷，眼睜睜看著那驚蟄雷落入了弓手陣營之中，心裡還兀自迷惑不解。

徐真等人可是清楚驚蟄雷威力的，當即將苟仁武和高狄都拉入房中，這才剛剛關門，門外就亮起刺目的光芒，而後便是驚天動地的爆炸巨響，強大的爆炸餘波衝擊開來，人群又密集，頓時血霧瀰散，殘肢斷足四處飛起，血水肉沫如到處濺射。

苟仁武何嘗見過這等驚天地泣鬼神的場面，連那自詡地仙的青霞子都震撼得目瞪口呆，張久年卻只是淡淡一笑：「這是我家主公所煉的人間之雷，名曰驚蟄。」

青霞子一聽驚蟄二字，心頭頓時凜然，想起自己對徐真的所作所為，心頭難免羞愧又驚怕，不過見得徐真與苟仁武並肩而戰，心中稍寬，見徐真等人趁亂逃了出來，慌忙將徐真等人接應下來，往府邸側面而走。

楊庭滿身鮮血肉沫，從地上爬將起來，一張臉已經被彈片刮了個稀爛，抹掉眼睛血水，卻見得四周死傷大片，週邊從者也是耳鼻流血，躺倒在地哀嚎不絕，此等場景真真如人間煉獄一般！

眼看著就要得手，卻遭遇此等神鬼般的詭異之事，楊庭縱使如何刀頭舔血，也是心驚膽顫，待得收拾殘餘人手，徐真等人卻早已離開了亂哄哄的府邸。

高府位居幽州城中心，占地廣闊，附近就是熱鬧非凡的街道，這些個歡度良宵的人們全數聚攏過來，見得高府火光沖天，卻只是冷笑不已。

城中民眾聽說高府被燒，無不彈冠相慶，奔相走告，一時間全城活躍！

這幽州城說大不大，說小不小，人們多有好奇，又有高狄的暗中對手故意洩露消息，不多時就將內幕傳遍了整座城市！

人們眾說紛紜，一說高狄膽大包天，居然敢垂涎將軍夫人，還擅自關押朝廷軍官，妄圖王法天君，實在該死；或有說高狄橫行鄉里、魚肉百姓，真真是死不足惜，多虧了這位徐真將軍為民除害。

徐真之名頓時傳播開來，有曾經到長安求學的士子猛然醒悟，四處宣揚徐真過往事蹟，高府下人又將那驚蟄雷渲染得如同天神之物，轉瞬間全城便轟動起來。

此時又有人說，忠武將軍的親兵就駐紮在城外，明日少不得要出城去瞻仰軍威！又有人擔憂徐真將軍仍舊困在城中，不知能否逃得出去……

幽州雖然富庶，卻被高履行一手把持，鄉紳士族都不堪其苦，尋常民眾更是怨聲載道，徐真大鬧幽州城，竟然頗得民心，可見高履行何等蠻霸！

諸人熱熱鬧鬧在圍觀，幽州官方卻已然傾巢而出，開始全城搜索。

第一百四十一章

刺史圖謀壯士斷腕

夜風習習，下弦月如菩薩低眉，憐憫著無知又高傲的世人，幽州城仍舊吵吵鬧鬧，郡兵與巡捕正挨家挨戶搜查，可謂雞犬不寧。

刺史高履行府邸之中燈火如晝，諸多幕僚齊聚一堂，商議著今夜之時，堂下跪著未及換裝的果毅都尉楊庭，滿臉滿身的鮮血，凝固起來，好不駭人！

「該死的狗奴！」

高履行暴怒著大罵一聲，又摔了一隻杯，怯生生的小婢子上來替換杯盞，被正在氣頭上的刺史一巴掌打落在地，兩行清淚滾滾落下，卻不敢支吾一聲。

慕容寒竹也是滿懷無奈，他本只是想阻攔徐真的行程，好讓張儉治徐真一個拖延赴任、怠慢之罪，亦或者將徐真送到前線去，與高句麗衝突之時，暗中害了徐真的性命，沒想到高履行倨傲無物，高狄目無王法，居然想要殺徐真！

這高履行目中無人，雖對徐真有所耳聞，然依仗家世，居然不屑一顧，事到如今還想著要將徐真抓捕，罔造事實，處之而後快！

如今慕容寒竹如何勸阻都熄不了高履行的怒火，不若讓他栽在徐真手中一會，吃一塹長一智，否則決不能為太子所用，再者，使高履行與徐真徹底結怨，今後就越容易行事，而慕容寒竹將此事捏在手中，也不怕他對太子不忠。

念及此處，慕容寒竹反倒感謝這個愚蠢之極的高狄，若非高狄鬧了這麼一場，他慕容寒竹還找不到機會降服著高履行！

「使君切不可動怒，如今城門落下，這徐真就算插翅也難飛，被俘也只是遲早之事，然而防民之口甚於防川，此事必定已經洩露，卻是對使君百害而無一利了……」

諸多幕僚早已被高履行嚇破了膽子，哪裡敢開口，見得慕容寒竹帶頭諫言，紛紛起而附議，高履行這才息怒冷靜下來。

「既已如此，崔先生有何教我？」高履行輕嘆一聲，飲盡一杯苦酒，又給慕容寒竹斟了一杯。

「使君若有心殺徐真，必不能有所牽扯，高長史之事一定要壓下來，若有一絲走漏，說不得會累及使君，非常之時該作非常之事，該捨棄之時也不需遲疑……」

慕容寒竹雖說得含糊，然在座之人哪一個是簡單之輩，自然聽得出這是壯士斷腕之策，按說這高狄也是咎由自取罪有應得，然到底跟高履行有著親情，又從小一起長大，若非如此，也不會驕縱到如此地步。

高履行何嘗不明白其中道理，然聽了楊庭的回報，心裡又如何甘心，本想拿捏徐真一番，給他個下馬威，沒想到卻鬧出這等事情來，非但拿不住人，還讓徐真燒了長史府，鬧得滿城風雲，如今全城都在傳頌徐真之名，讓他這個刺史如何得以自處？

「崔先生之意，本官自然明瞭，奈何兄弟情深，這徐真心狠手辣，若不趁機除之，他日必成大患！」在座都是親信幕僚，高履行也無需遮掩，諸人本以為慕容寒竹能夠勸阻高履行，沒想到反而激起了高履行的鬥志來。

慕容寒竹心底暗笑，面上卻一臉愁容，眉頭緊鎖，假惺惺對高履行獻計道：「若使君決意如此，也不可貿然而行，需佈置權宜，徐徐而圖之……」

高履行本以為慕容寒竹有何良策，原來卻只是這等敷衍之言，心裡多有不喜，冷哼一聲道：「我堂堂一州刺史，總管地方事務，又豈能讓他一個過路光頭將軍給難住！若有拖延，他勢必要過了城，待得到了營州，順利接管了折衝府的兵馬，張儉還能如何制他？」

慕容寒竹心道這雛兒果真中了計，故作決斷道：「既是如此，崔某也就捨命陪君子，斗膽獻上一策！」

高履行眉頭微挑，雙眸冒光道：「哦？先生有何良策，可速速獻上來！」

慕容寒竹略作沉吟，好整以暇道：「某聽說使君曾聯合幽州府兵剿滅了一夥前朝匪兵，想必定是繳獲諸多匪兵的衣甲裝扮，不若賣個破綻，放徐真回去，卻讓人假扮匪兵，圍而滅之！如此一來，自然與我幽州毫無干係了……不過……高長史……」

高履行聞言，頓時大喜，不過一想到要犧牲高狄，頓時又冷了下來，他畢竟是個做大事的人，咬了咬牙終究還是答應了下來。

刺史府的幕僚們紛紛散去，折騰了一夜，也就各自安歇，然而幽州城內的燈火卻徹夜不熄，搜捕的官兵們還在繼續。

徐真等人回到了青霞子的住處暫避風頭，這老兒見徐真把自家主子給救了出來，想到自己對徐真幾個下藥，差點害得張素靈丟了清白，心裡也頗不是滋味，連連向徐真請罪，徐真聽他道明原委，知曉是受了高狄脅迫，也就諒解了他。

如今他們是一條繩上的螞蚱，徐真又有恩於荀仁武，自然是一同行動，稍稍休整了一番之後，諸人朝幽州城南門潛行，這高狄雖然身上有傷，卻不敢再叫喚半句，因為他的牙已經被周滄的刀柄敲掉了半口。

為了營救荀仁武，青霞子與那小丫頭早已踏遍了幽州城，對巷弄之間早已熟絡得不行，一路上連連避過那些個搜捕的官兵，很快就到了城門之下。

徐真並不知曉高履行聽從了慕容寒竹的計策，故意放鬆了城防，只道府衙的兵力都用在了搜捕之上，故而城守空虛，見得南門守軍寥寥無幾，青霞子遂取出事先準備好的繩索與爪鉤，小丫頭身輕如燕，輕易上了城頭。

那守城的衛士連連打瞌睡，也不覺有異，凱薩飛身攀上城頭，三下五下就放倒了上面的衛兵，徐真等人終於越過城牆，回到了營寨之中。

且說張久年走了之後，這三百親兵就託付給了薛仁貴在照看，這薛仁貴有勇有謀，膽色過人，見主公等人遲遲不歸，正考慮著要不要趁夜潛入幽州打探消息，突然見得主公歸來，自然是欣喜無比，營中守候的弟兄們也終於可以安心歇息去了。

既出了城，徐真也不敢多留苟仁武等人，然而苟仁武見得徐真的親兵紀律整肅，殺氣騰騰，與幽州城那些郡兵和府兵截然不同，心中頓時凜然，遲疑了一番，最終還是開了口。

「徐將軍，實不相瞞，我家中遭這高狄狗賊陷害，除了這個妹子和老先生，再無其他親人，天下之大，也沒個容身之處，我想……能不能……追隨將軍麾下……還望將軍能夠收留！」

徐真也是稍稍訝異，但很快就淡然，這青霞子雖然對他們下藥，但一手詭異幻術卻比摩崖還要高超，小丫頭精靈乖巧，生性活潑，坦誠率真，而苟仁武雖然身份不明，但武藝高深，箭術更是出類拔萃，如此人才，徐真還真不想放過。

既然苟仁武主動開了口，徐真也就順勢而為，收了這三人，命人取來軍裝，將三人帶入營中好生安頓。

張素靈驚魂甫定，徐真少不得一番撫慰，這小丫頭心思活絡，其實早已沒了大礙，可又貪戀徐真的安撫，故意裝出一副虛弱驚怕的樣子，將徐真留在了自己的營帳之中，直到這丫頭睡著了，徐真才回自己的帳篷。

周滄背負多處箭傷，已經在軍醫營接受劉神威的治療，這漢子真真有典韋之遺風，中途面不改色，談笑自如，將徐真等人在幽州之作為都道出，引得劉神威等人驚呼連連。

一夜無話，這才天濛濛亮，幽州城已經熱鬧非凡，城門轟然開啟，入城出城之人絡繹不絕，往來商客更是早早就守候在了城門前，等待通關。

徐真早早起了身，修練易經洗髓內功心法，凱薩似乎對昨夜昏睡以致無法援助張素靈而有所愧疚，與徐真知會一聲，就到張素靈營房之中去關照。

薛仁貴治軍有度，與張久年可謂一文一武，將三百親兵治理得井然有序，原本每日都由周滄帶頭操練，如今周滄受了傷，任務也就交給了薛仁貴。

這薛仁貴也是個奇才，居然擅使雙槍，且這槍似矛非矛，似戟非戟，有些像勾鐮，又有些似斧鉞，比一般短戟要長，卻又比長槍要短。

營中正操練得火熱，看得苟仁武心頭火熱，在諸多軍士的慫恿之下，居然與薛仁貴來了一場比鬥。

但見薛仁貴如出海白龍舞風雨，苟仁武似降世麒麟攪雷霆，一來二往居然不分上下，連徐真都為之嘖嘖稱奇，周滄手癢難耐，正要上場切磋，卻見得幽州城門方向，塵頭轟轟飛起，一隊人馬馳騁而來，粗掃之下，不下八百之數！

被縛於轅門之下示眾的高狄見得幽州軍前來，頓時大喜，指著徐真就大笑著罵道：「哈哈哈！讓你托大，今日看你如何離了幽州！」

這話還未說完，張素靈上前來，啪啪啪左右開弓，將高狄打成了豬頭，剩下的那半口牙也都掉了一地，今後估計連硬飯都吃不香了。

弟兄們早已按捺不住，紛紛集合起來，三百親兵頓時殺氣騰騰！

徐真按刀而立，守在轅門下，微微挑眉，只見幽州騎兵滾滾而來，為首者傲岸勇武，臉上卻纏滿了滲血的綁帶，不正是昨夜的幽州果毅都尉楊庭。

這楊庭倒拖馬槊而來，到了轅門外三丈處才勒住了馬頭，在馬背上朝徐真行了一禮，這才朗聲道：「幽州果毅楊庭，見過徐將軍，軍務在身，不能下馬致敬，還望將軍見諒。」

徐真微微擺手算是回禮，淡笑著問道：「不知楊果毅到此，有何貴幹？」

楊庭暗自咬了咬牙，這才高聲宣佈道：「幽州府長史高狄，為禍為害，欺壓民眾，魚肉百姓，膽大妄為，又擅自欺瞞，拖延忠武將軍及一干親兵入城過關，關押徐真將軍及將軍親隨，罪大惡極，今奉刺史高履行之命，特來緝拿歸案！」

諸人聞言，無不訝異！

第一百四十二章　俘虜斥候素靈偽裝

所謂君子棄瑕以拔才，壯士斷腕以全質；幽州刺史高履行此舉也算是顧全大局，當斷則斷，若非他讓楊庭來拿人，徐真少不得拘了高狄到刺史府去興師問罪。

如今高履行將一切都推到了高狄的頭上，徐真自是沒了問罪之藉口，只能由著楊庭將高狄給押了回去。既已如此，也就再無藉口阻攔徐真入城過關，這高履行到底是放不下身段，居然沒有接見徐真。

徐真既已知曉高履行在背後作梗，也不想在幽州多做停留，稍作補給，帶著親兵營出了北門，往營州方向前行。直走了半日，隊伍停歇，稍作休整，薛仁貴命人巡弋警戒，由於一路順暢，諸人也多不以為意，薛仁貴卻總覺不安，到得晚間紮寨，遂親自執勤，果是發現有人暗中窺視，連忙回報徐真。

徐真與張久年正商討著幽州之事，知曉高履行絕不會善罷甘休，聽薛仁貴說有探子跟著，頓時會心一笑。

薛仁貴主動請纓，勢必要將那探子一舉拿下，凱薩正愧疚於沒有保護好張素靈，心頭一股氣沒處發洩，在神勇爵府又安逸久矣，技癢難耐，遂與薛仁貴爭先，徐真清楚凱薩夜行的本事，就讓凱薩領命去拿人。

薛仁貴到底是個驍勇的猛將，心頭多有不服，徐真只是淡淡一笑，朝薛仁貴說道：「薛禮兄盡可一同前去，誰拿的人，這柄短刀就賞給誰。」

徐真言畢，從靴筒抽出一柄精緻短刀，輕輕放在了案几之上，這是苟仁武從高狄府中所得，各人都有份，只是當時情勢緊迫，不便攜帶，徐真就挑了這柄貼身的短刀。

薛仁貴欣然領命，快步追出營去，徐真等人只是大笑，卻聽得一個聲音不屑地說道：「不就抓個探子，本姑娘也可以！」

徐真扭頭一看，卻是苟仁武身邊那個小丫頭，這丫頭名叫寶珠，生性頑皮，苟仁武和青霞子都拿她沒辦法，這丫頭身體還未長開，見得凱薩豐腴妖媚，心裡酸溜溜的，當即要比賽一場，徐真徵詢苟仁武意見，後者也同意，那寶珠丫頭也就迫不及待地跟了上去。

三人很快沒入營地前面的黑暗之中，薛仁貴年不過三十，正當身強體壯之時，投軍之後又無用武之地，好不容易到了徐真麾下，自然要求得表現，入了夜林之後疾行如飛，身姿矯健如獵豹。

凱薩身為頂尖刺客，夜能視物，身形飄忽如毒蛇，而寶珠這小丫頭居然懂得追蹤循跡之術，玲瓏嬌巧似靈貓，三人爭先恐後，竟未落下一絲響動和痕跡！

三人見得對方手段，心頭也頗為驚訝，越發激起了鬥志，不多時就包抄了探子所在的那座小山。

凱薩到底是在爵府安逸了一段時日，技藝難免生疏了一些，寶珠體力上吃了虧，倒是讓薛仁貴拔得頭籌，然而上了山頂才發現，對方居然有四五個人！

這些斥候探子也是警覺得很，薛仁貴外形出眾，孔武挺拔，當即被辨認出來，這些斥候都是精英好手，也不怯場，捉了刀就撲殺過來！

薛仁貴也是暗道不妙，大意之下居然露了馬腳，為方便疾行，又沒帶趁手的雙槍，只能提了橫刀來纏鬥。

那些個探子雖然都是腦袋掛褲腰帶過日子的人，但武力終究比不得薛仁貴，幾合下來居然拿不住薛仁貴，心頭頓生退意。

正當此時，凱薩無聲而至，手中雙刀左右翻飛，趁其不備殺將進來，寶珠丫頭也是緊隨其後，三人都是一腔騰騰熱血，不多時就將這五個探子給抓回了營房。

徐真見手下勇猛，心頭大喜，薛仁貴得了首功，自然要將短刀相贈，薛仁貴卻謙讓推辭，將短刀轉贈給了寶珠丫頭。

這小丫頭對這柄短刀可是喜歡得不行，也不推託，少有嚴肅地給薛仁貴道了個福，動作僵硬生澀，讓人忍俊不禁。

周滄與張久年自去審問那些探子，然而這些人都是經過殘酷訓練的，用刀頭都敲不開嘴巴來，周滄大怒而用刑，這些斥候骨頭也是堅硬，楞是咬死了不開口。

無奈之下，周滄與張久年只能回報與徐真，徐真親自到囚籠來查看了一番，見得五人身材矮小，又掃視了一番，目光卻停留在其中一人身上，頓時生出一策。

他走到那人面前，蹲了下來，用刀尾抬起對方的下巴，微笑著問道：「小郎君姓什名誰，何許人也？」

那探子生得白白淨淨，斯斯文文，怎麼看都不似練武之人，男生女相，頗為討喜，然聽得徐真問話，卻扭過頭去，冷哼道：「若你覺得我年少好欺，那就大錯特錯了，要殺要剮，快活一句話，休想從我口中聽得半分消息！」

徐真眼中多有賞識，卻只是淡然一笑道：「不用問我都知道爾等乃幽州刺史的人，若是尋常盜賊，幾個板子下去，估計連祖上十八代都倒出來了，爾等自覺硬朗，豈不知欲蓋彌彰，早已露了底細，我徐真雖不是正人君子，但說話算數，只要你們交代清楚，定會釋放你們，又何必替高履行這等不忠不義不仁不信之人賣命？」

這些人知曉楊庭的狠辣手段，也是懾於淫威才死命硬撐，沒想到反而暴露了自己的身份，心裡已經開始遲疑，但那少年郎卻昂起頭來，與徐真辯駁道：「若我等賣主求生，豈非一樣不忠不義？將軍清高，民間素有傳聞，然我等獻身軍旅，使命在身，早已將生死置之度外，又有何懼？」

「好！說得好！果真是錚錚鐵骨的好兒郎！」徐真由衷贊道，那些個探子心頭頓時一松，暗自慶幸，想著徐真該不會再為難他們了，豈知徐真卻一轉話鋒道。

「爾等既知人在軍中，身不由己，也就怪不得本將軍了，既然你們不開口，那就看看本將軍的手段了！」

這徐真變臉比變天還快，諸多探子也是嚇白了臉，然而徐真卻大手一揮，下令道：「來人，先將這尖牙利嘴的小子給我拖出去，割了他的舌頭！」

周滄也不知徐真葫蘆裡賣的什麼藥，乖乖將那少年郎拖了出去，其餘四名探子顯然對這個小子愛護有加，不斷悲憤怒罵，仇恨的怒火將雙眼都燒得通紅！

徐真將那少年郎單獨拖出來之後，冷冷地朝他說道：「本將軍敬你是條好漢，這舌頭割了，以後就再沒辦法開口，樹的影，人的名，最後一次說出你的名號來罷。」

那少年郎沒想到徐真如此喜怒無常，心裡早已懊悔，若非迫於無奈，誰願意給楊庭賣命？到了這等時候，少年郎也只是無聲苦笑一聲，低低得說道：「我左黯，但求問心無愧，又何惜此身！」

徐真滿意地點了點頭，突然出手，將這個叫左黯的探子打昏在地。

「丫頭，進來吧。」

徐真甩了甩發麻的右手，將張素靈招呼了進來，後者細細打量了昏迷的左黯，有用手指丈量他的臉廓等，張久年心頭猛然一震，終於知曉徐真的意圖了！

苟仁武和薛仁貴等還不知徐真意欲何為，徐真也不點破，見張素靈站起來，就問道：「需要多長時間？」

「一個時辰左右。」

「好。」

諸人對徐真和張素靈所做之事好奇到了極點，一個兩個都不願休息，與徐真一同在營帳之中喝酒，那昏迷的左黯就綁在帳下，外面血跡斑斑的衣物早已被剝了個乾淨。

過得大半個時辰，張素靈終於從自己的營帳之中鑽了出來，然而除了徐真和凱薩、周滄這等老人之外，苟仁武等人卻是震驚得目瞪口呆，因為他們看到的，是另一個左黯！

這張素靈的易容之術也是造詣高深，連傷痕血跡都一分不差，張素靈一張口，嘴巴裡鮮血模糊，真真如同被絞爛了舌頭一般。

徐真繞著張素靈打量了一圈，頻頻點頭，卻總覺得確了點什麼，而後猛然醒悟，走到左黯的身邊來，在他身上的傷口上抹了一把血，一巴掌拍在了張素靈的屁股上。

張素靈渾身一顫，她雖然心慕徐真，然跟徐真並無過多親密，如今當著這麼多人的面，主公居然做出這等事來，怎不叫人嬌羞！

凱薩面無表情，心裡卻恨不得將徐真掐死，張素靈卻一改往日的頑皮刁蠻，羞紅了臉佯怒道：「主公這是幹什麼！」

徐真嘿嘿一笑，一邊擦手一邊解釋道：「割個舌頭哪裡用得一個時辰，這左黯細皮嫩肉，男生女相，很討人喜歡啊……」

大唐雖不盛男風，但也不罕見，一些個白面俊俏的小廝被自家男主人佔據身子也是時有發生，故而徐真此言一出，大家也就心照不宣的竊笑起來。

張素靈在教坊久了，又豈會不懂其中意思，如此倒也能將這一個時辰的可疑之處給消除，不致於引起其他探子的懷疑，但當著這麼多人的面對自己鬧這種事，真是讓人羞臊咧！

在眾人的哄笑聲中，張素靈低頭離了營帳，由徐真押回牢籠，這丫頭也是了得，一出了營帳，頓時微微撇開雙腿，裝出舉步維艱之態，加上屁股後面一團殷紅血跡，明眼人都能看出來，這位小哥是被徐將軍玷污清白了。

見得徐真與張素靈逢場作戲那姿態模樣，諸人又是笑鬧一陣，這才各自回營，寶珠丫頭卻留下來看守左黯，因為這個左黯，正是被她所擒，可是耗費了她不少精力，差點還讓這左黯給傷了性命的。

張素靈易容成左黯的模樣，被徐真丟回囚籠之中，其餘俘虜見得張素靈如此慘況，非但被割了舌頭，居然連身子清白都保不住，頓時嚇得魂不附體，原本殘留的一點硬氣，此時都化為烏有了。

他們一想到足足一個時辰的時間之內，左黯所受的折磨，心裡就不寒而慄，看著張素靈屁股後面那一大團殷紅血跡，後面門戶也是不自覺發緊。

張素靈知道已經取得了震懾的效果，嗚嗚著想要開口說話，可一開口，嘴巴裡血水橫流，更是將這幾個俘虜嚇壞了。

看著時間差不多了，張素靈才探手入懷，摸索了一番，居然掏出一根鑰匙來！

第一百四十三章

混世魔女降服左黠

昔有勾踐臥薪嚐膽，又有韓信甘受胯下之辱，雖鵬翅之偶垂，豈鴻肩之就息？否極必泰，道之常也，指顧之間，終當蘇而復上。

這些個探子並未看出眼前的左小子乃張素靈假扮，見得小弟兄受了如此糟蹋還趁亂竊了鑰匙來相救，無不滾下熱淚，慌張張解了枷鎖，又趁著徐真營地都陷入沉睡，悄無聲息地逃了回去。

諸人皆是老辣的斥候，中途也未驚醒徐真這廂人馬，連值夜暗哨都躲了過去，也不敢斗膽盜取馬匹，趁著夜色急行小半夜，到了預先藏馬的接應之處，逃回到一處小山頭裡來。

山下紮有營寨，井然有序，轅門外還有崗哨在警戒，不過往來軍士穿著前朝明光甲，張素靈將路線與佈局一一默記下來，見得這些前朝軍士，心裡也多有疑惑，難道主公推斷錯誤，這些人並非幽州高履行的人，而是前朝的匪兵？

直到見了中軍大帳中那位主將，張素靈才得以確認，自家主公之推斷並無差錯，那人可不是被驚蟄雷炸爛了臉面的楊庭嗎？

幾個斥候架著假左黯回來，欺負後者被割了舌頭，無法出聲辯解，想著沒了舌頭，今後絕當不了斥候，已然不可能在軍中立足，故而幾個人將功勞都攬了過去，張素靈也是逢場作戲，拼命支吾著想要解釋，最終卻被楊庭一聲喝止。

這楊庭聽完情報之後，又與諸多幕僚商議了截殺徐真營部的具體方案，又賞了那幾個斥候，這才散了會，見得張素靈又嗚嗚怪叫著，楊庭眉頭頓時一皺，擺了擺手道：「先處理一下傷勢，以後就讓他去造飯餵馬刷洗吧。」

這幾個斥候生怕張素靈揭穿他們的謊言，半路上多有威脅，張素靈連連點頭，眼中滿是驚恐，這幾個人才心滿意足，往張素靈口中塞了一些草灰，權當治療傷口，就將張素靈孤零零丟在了伙房。

「該死的狗賊！」張素靈將口中草灰吐了出來，看準了時機，就偷出營寨，沿著原路返回去報信，一想到能夠為主公立功，張素靈的腳步都輕快起來，想起出發之時眾人之哄笑，只感覺屁股後那血跡熱乎乎的，讓人心肝兒亂跳，臉紅耳熱。

「誰在念我呢……」徐真正準備入睡，眉頭卻陡然跳了幾下，張素靈雖然機靈得很，然畢竟只是個女兒家，徐真又豈有不擔心之理。

橫豎睡不著，不如找凱薩聊聊心事，遂走出營房，途經寶珠丫頭的營房，卻發現其中空空如也，這才想起這小丫頭還在看守左黯，不如順路過去看看。

可到了營房之後才發現，寶珠丫頭與斥候左黯都不見蹤跡，只剩下一對枷鎖胡亂丟棄在地上，旁邊還有一隻大半個巴掌大的繡鞋。

「不好！這小子逃了！」

徐真連忙將弟兄們都呼喊起來，荀仁武和青霞子一見到地上的繡鞋，頓時憂心忡忡，與諸人分頭出去搜尋。

周滄傷口未癒，留著坐鎮營地，徐真親自帶著數十人，四處分散開來，三丈一人，展開地毯式搜索。

且說此時寶珠丫頭也是苦不堪言，她手握一柄橫刀，如發怒的貓一般低伏在地，蓄勢待發，眉角的鮮血緩緩滑落，她卻不敢眨眼。

一丈開外，左黯赤裸著上身，身子傷口不斷滴落鮮血，他的胸膛劇烈起伏，卻分毫不讓地與寶珠對峙著，目光爆發出野狼一般的兇狠，手中反握一柄短刀，赫然是徐真親賜給寶珠丫頭的那一把！

早在小半個時辰之前，寶珠欣然領命，負責看守左黯，這小丫頭心性不定，死盯著一個人久了就坐不住，見得左黯面目清秀俊俏，不由細細端詳了一番，越看越是臉紅心跳，視線沿著左黯白皙的脖頸，移至不甚厚實的胸膛，又往下移動，落在左黯的襠部。

這小丫頭咕嚕吞了吞口水，又做賊一般收回目光，可心裡越發好奇，滾燙著臉，忍不住就在左黯的下腹輕輕撫摸了一把，手指傳來的觸感讓她渾身寒毛都豎了起來，這等情竇初開的小丫頭，初次體會到這般酥麻麻的詭異感受，實在讓人又羞澀又興奮。

可就在此時，左黯陡然睜開雙眸，一雙眼珠如暗夜中的星辰一般閃亮，猝然暴起，用手上的鐵索死死纏住了寶珠丫頭的脖頸。

寶珠丫頭才知這左黯是詐死求存，心頭頓時大怒，她的身子柔軟靈巧，又有武藝在身，本就是她將左黯捉拿回來的，又豈能受制於他。

身子如泥鰍一般用力一掙，寶珠丫頭得了空當，就去抽腰間的短刀，左黯身上有傷，被寶珠頂了一膝蓋，往後摔於地上，卻是喀啦啦脫了手銬，將那鐵索當鞭子抽了過來，原來他不知何時已經偷偷開了鎖。

斥候乃是徘徊於生死的勾當，兇險至極，許多斥候皆有一技之長，用於防身脫困，這左黯能夠偷開了鎖頭也不足為奇。

他這一鐵索打將過來，寶珠連退三步，偏頭避讓不過，就舉了短刀來格擋，鐵索纏住短刀，尾巴卻是掃到了寶珠的左頰，眉骨頓時迸裂，鮮血橫流。

見了血之後，寶珠也是勃然大怒，抓住鐵索與左黯一番拉扯，她力氣本不如左黯，然而左黯有傷在身，一口氣提不上來，居然被寶珠拉扯了過來，這丫頭也是狠下心來，調轉刀頭，眼看著左黯就要撞上短刀，他卻倏然鬆開了鐵索。

寶珠用力過度，腳步紮不穩當，往後急退數步才站定，左黯卻是得了先機，一腳將寶珠踢倒在地。

左黯既已得了手，連忙奪了寶珠丫頭的短刀，騎在寶珠的身上，就要一刀結束了寶珠的性命。

寶珠雙眸陡然睜大，眼淚就滾了下來，此時的左黯兇神惡煞，展現出久經沙場的百戰悍卒氣度來，那短刀猛然扎了下去，寶珠心如死灰，緊緊閉上了眼睛。

過了一個呼吸，寶珠丫頭只覺身上一輕，那左黯卻是沒有取她性命，反而逃出了營房。

寶珠一咬牙，騰地跳起來，捉了一把橫刀就追出來，正想開口呼喊，招來援兵將左黯拿下，可想起左黯不忍殺害自己，她也就沒喊人，權當一報還一報，快步狂奔，追趕了上來。

二人且戰且走，好一番廝殺，此時兩人都體力匱乏，身上衣衫不整，狼狽至極，可誰都不願放棄，對峙了片刻之後，又揮舞著手中兵刃，纏鬥在一處。

金鐵相擊之聲不絕於耳，左黯終究是底子深厚，一刀將寶珠的橫刀給打飛了出去，寶珠心頭大駭，求生欲望被激發出來，一腳正中左黯手腕，將那短刀也踢掉，左黯欺聲而上，一拳轟來，寶珠偏頭躲過，撞入左黯懷中，居然將其撞到在地。

左黯吃痛，腰肢一擰，將寶珠反壓在身下，碩大的拳頭就要招呼下去，寶珠仗著腰身柔軟，雙腳一剪，從後面夾住左黯的頭頸，二人姿勢彆扭，如首尾相反，卻又相互纏繞的兩條白蛇。

二人一番惡鬥，雙腳相互制住，居然難以分開，憋得兩個人都面色發紫，卻誰都不願鬆手。

眼看著喘不過氣來，左黯到底還是選擇了放棄，鬆開了寶珠，寶珠也無力再抵抗，任由左黯累趴在了她的身上。

「丫頭，妳……妳屬蛇的麼，怎地如此難纏……」

「你才屬蛇！你全家都屬蛇！」

左黯沒來由笑了起來，寶珠卻拚了最後的力氣，將左黯從她身上給頂了出去。

二人就這麼並肩平躺著，夜色沉靜，只聽見二人粗喘的聲音，安靜得讓人面紅耳赤。

「喂，我叫左黯。」

「我知道……」

「妳叫什麼？」

「叫什麼要你管！」寶珠氣嘟嘟地哼道，左黯也是無奈，艱難站了起來，搖搖欲墜卻慢慢邁開腳步。

「你要幹什麼！」寶珠緊張地爬了起來，趁著左黯不防備，將地上的兩柄刀都撿了起來，刀頭頂住了左黯的後心。

左黯本以為打了這酣暢淋漓的一架，二人又各自放了對方一馬，多少有些情誼了，沒想到這丫頭還是油鹽不進，心裡沒來由的隱痛了一下。

「我要回去了……」

「你不能回去！」

「我為何就不能回去？」

「因為我贏了！」

「妳贏了又待如何？莫不成妳還要殺我？」

「我……我贏了就是贏了！贏了你就是我的人！殺你太便宜了，我要留著你做奴僕，給我當牛做馬！」

左黯緩緩抬起頭來，四目相對，寶珠居然微微低垂了眼眉，臉色唰地紅了……似乎察覺到左黯在用古怪的目光看自己，寶珠又抬起頭來。

她自小孤苦，不知吃了多少難，若非性子野蠻，根本就活不到現在，她能夠從左黯的眼中看出來，那是同樣的孤單與無助。

左黯想起自己的身世，想起軍營之中那些人對他的欺辱，心頭反而坦然了許多。

「我左黯又不是輸不起的人，但我到底是個爺兒們，給妳個丫頭片子當奴僕，丟不起這個人……再說了，我就是個賣命的斥候，是時候回去報信了，不能陪妳玩了……」

寶珠聞言，頓時急了，刀尖就抵在左黯後心，卻如何都刺不下去，眼睜睜看著左黯往前走了兩步，而後頭也不回，朝寶珠揮手告別：「謝了，丫頭。」

雖然他沒有回頭，但寶珠似乎能夠「看」到他嘴角的笑，這丫頭丟了刀衝上去，一躍就趴在了左黯的後背上，照著他的肩頭，狠狠的咬了下去！

「啊！妳瘋了嗎？真的是屬蛇的啊！」

左黯佯怒尖叫，卻感受到寶珠胸脯緊貼自己後背那股溫暖，手腳僵硬起來，不敢亂動分毫，生怕動一下，寶珠就會害羞地跳下他的背。

寶珠卻沒有離開他的背，而是抹了抹嘴角的鮮血，敲了敲左黯的後腦勺，氣嘟嘟地說道：「你哪裡也不能去，本姑娘絕不會讓你回去為虎做賬、助紂為虐！」

左黯扭過頭來，二人幾乎是鼻尖相抵，四目相對，只覺得這一刻如千百年這般長久，忘記了呼吸與心跳，似乎這世間，就只剩下他們。

「是為虎作倀，不是為虎做賬！沒墨水的笨丫頭！」

左黯罵了一句，卻背著寶珠，撿起兩柄刀，一步步往徐真那邊的營地走去。

這是寶珠第一次覺得，被人罵，原來也可以是開心的。

第一百四十四章

徐真收徒行軍斷龍

俗語有說，有緣千里來相會，無緣對面不相識，又說酒逢知己千杯少，話不投機半句多，但凡世間之人，總有一見鍾情之時，若有幸，則可兩情相悅，相見恨晚，若無緣，也該害了單思，求之不得。

這寶珠丫頭與左黯，想來就是那命中註定，心有靈犀的一對冤家，身世類似，年紀相仿，脾性相投，沒有回眸一笑，更沒有風花雪月之流，生死相拚，賣力相鬥，卻透過拳腳刀劍，贏了一份難得的真情。

人間之事說也奇怪，有些人如何討好都不得好感，而有些人只看一眼，便是心有所屬，神鬼所不能解也。

且說徐真等一眾弟兄分開了來搜尋，左黯與寶珠又原路返回，不多時就撞上，慌忙將二人接回營中。

苟仁武等人見左黯居然敢逃走，少不得一頓拳腳教訓，卻被寶珠丫頭攔在身前，扠腰氣憤著罵道：「誰敢動本姑娘的人！」

一群人差點沒跌倒在地，這寶珠也就十四歲的年紀，雖說不大，但也不小了，那高陽公主十二歲上就成了親，十四歲的少女正當風華，最是美好，不過寶珠顯然稚氣未脫，突然來這麼一手，弟兄們也是有些緩不過神來。

徐真是哭笑不得，想著周滄幾個動了大刑都敲不開這左黯的嘴，沒想到卻讓寶珠丫頭給降服了。

既是如此，也就樂見於此，接了二人回去好生療養，聽說左黯還會開鎖等技藝，徐真頓時來了興致，讓左黯耍了兩手，果然是靈巧之極。

再看著小子的手指，修長白皙又靈活柔韌，且與徐真一般，食中二指居然一般長短，真真是個修練幻術的好苗子。

徐真頓起愛才之心，又問了左黯身世，這孤苦小兒自有尊嚴，不願多說，但言語之間還是將自己孤兒的身份給透露了出來，徐真又聽了他與寶珠的經歷，遂欲收之為徒。

這小子撇了撇嘴，居然還不樂意，氣得周滄幾個鼻子都歪了，徐真這等幻術宗師，多少人想要拜師都求不來，現在主動要收他為徒，這小子居然還看不上自家主公。

徐真也不以為然，張開修長五指，只虛空一抓，掌中陡然多了一個紅撲撲的果子，一口咬下去，汁液橫流，看得左黯目瞪口呆，回過神來之後慌忙拜伏於地，恨不得認徐真當爹。

這左黯雖然心性比尋常少年要早熟，但畢竟沒受過太多教育，對神鬼頗為迷信，見了徐真這等無中生有的手段，如何不震撼心靈！

周滄幾個見這小子見風使舵的本事，也是咋舌不已，如此精靈的性子，也難怪跟寶珠意氣相投了。

眼看著東方微亮，值夜弟兄也都鬆了一口氣，正要下崗造飯，卻見一人從林子中鑽出來，定睛一看，這不是昨夜抓獲的探子嗎？

怎地半夜裡接回來一次，如今又出現在此？

警戒的弟兄紛紛圍上來，張素靈連忙表明身份，諸人卻如何都不相信，張素靈急著報信，也懶得解釋，就要往裡面闖，眼看著就要大動干戈，好在薛仁貴就在附近巡視營房，將張素靈給接了進來。

這左黯睡了一夜，精神恢復過來，正跟著徐真修練瑜伽術，打造筋骨，他年紀小一些，也吃得痛苦，修練頗為順利，正準備傳些基本功，聽說張素靈回來了，徐真連忙帶著小徒弟趕到大帳之中。

左黯見裡面人頭濟濟，就擠進去看熱鬧，見得張素靈與自己一般無二，頓時嚇了一跳，待得素靈丫頭將面皮給抹了下來，恢復清秀可人的女兒相貌，左黯更是嘖嘖稱奇，心中不可思議。

張素靈見得徐真來了，就將楊庭營中打探到的消息都報了上來，見左黯在場，就將斥候們對自己的所作所為說道出來，左黯頓時心灰意冷，越發憎惡楊庭與那些斥候。

有了張素靈的情報，又有左黯這個知根知柢的幫手，徐真連忙與張久年、薛仁貴等人商議對策。

他本不願對幽州軍兵動手，然則高履行實在欺人太甚，這楊庭也是不死不休，居然還冒充前朝匪兵來攻打，徐真又如何能夠容忍。

苟仁武也加入商討，言語之間盡顯縝密，居然熟讀兵書，對行軍佈陣頗為熟諳，加上張久年這等老謀士，大局已然掌握在手中。

商議妥當之後，命軍士埋鍋造飯，飽腹上路，繼續趕往營州，既知曉了楊庭的伏擊截殺之計，中途也就不再設防，收緊隊伍，不緩不急，保存實力，蓄勢待發。

又行軍三日，終於要離開幽州邊境，前方正是楊庭計畫設伏之地，乃一處古道隘口，名曰斷龍谷。

過得這處隘口，就要到營州關防，故而楊庭在此設伏，又假扮前朝匪兵，就算滅了徐真這三百人，又有誰會懷疑到幽州高履行頭上？

為了這次截殺，高履行也是下了血本，楊庭所領八百，盡皆精兵，前朝明光甲又堅固耐用，座下馬匹更是難得良駒，秣馬厲兵，只待徐真本部過關，就發動伏擊，兩側山坡早已備足了檑木滾石，左右兩翼又各藏了二百騎兵，可謂萬事俱備矣！

反觀徐真這邊，三百親兵皆為神火次營，熟悉操控驚蟄雷之法，這一路前往營州，路途遙遠，徐真擔憂多有意外，故而帶了足量的驚蟄雷，一路上放緩了速度，打造得十數輛拋車，專用於發射驚蟄雷。

這拋車乃徐真與姜行本二人共同設計，徐真知根知柢，親兵營的弟兄又操控過拋車，對拋車並不陌生，故而很容易就打造出來，緩緩拖在隊伍後面，用布幔好生遮蓋掩護起來。

雖然比不得松州之戰時所有，然這種小型拋車的力道也不容小覷，足夠將驚蟄雷發射出一里開外。

楊庭已經在斷龍谷守了兩日，見得徐真本部人馬前來，頓時精神大振，手下將士風餐露宿早已忍耐不住，現今一個個摩拳擦掌，恨不得馬上衝殺下來。

但見得二里開外迷迷濛濛一彪人馬，打著唐旗，徐字旗稍靠後，十數名斥候率先開道，背後角旗獵獵迎風。

「注意隱蔽！注意拿下這些斥候！」楊庭目光陰鷙地吩咐下去，徐真並非未經戰爭的新人，必定驅使斥候來探路，楊庭早已做了部署，必在最短時間之內拿下這些斥候，再讓自己人穿上斥候的衣服，於山上給徐真打旗號示意，如此就能萬無一失，騙得徐真入谷。

然而他的如意算盤卻打錯了，因為這些斥候並未上山，想來徐真一路並未遇到土匪盜賊，故而放鬆了警惕。

眼看著斥候疾馳回本部陣前，楊庭冷笑一聲，如此反倒更加省事，只要徐真進入隘口，兩邊伏兵齊發，滾石落木齊下，徐真這三百人馬必將折損大半，到時候左右兩翼的伏兵包抄過來，定可全殲徐真的隊伍！

一想到弟弟楊魁慘死，自己臉面被炸爛，如今人不人鬼不鬼的，仇恨的怒火就將楊庭一顆殺心熊熊燃燒起來。

「都尉，他們即將進入弓手射程了！」副將驚喜地稟報，只要楊庭一聲令下，他們就能將這場戰鬥的勝果穩穩採摘下來。

「嗯，不急，將死之人，何懼之有，待他們進入隘口，再殺他個有來無回！」楊庭胸有成竹，自信滿滿的握拳道。他身後的一干將士們已經開始舔著嘴唇，貪婪地看著谷口那支隊伍，就如同看到的是一個個無頭的行屍，如同看到一群任由宰割的肥羊。

「檑木滾石都給我準備就緒！」

楊庭見得徐真本部人馬即將入谷口，連忙吩咐，身邊副將把軍令一一傳達下去，又偷偷給對面的軍士打旗號聯絡，一切似乎都在掌控之中！

徐真一馬當先，薛仁貴與周滄落後半個馬身，苟仁武也不甘人後，與周滄並轡而行，背後是他那柄巨大的犀角弓。

「傳令下去，讓弟兄們都做好準備，敵人已經開始部署就緒了。」徐真將手中的套筒收起來，自信滿滿地下令。

「將軍如何得知敵軍已然部署完畢？」苟仁武本就好奇徐真手中之物，見得徐真如此篤定，疑惑地問道，而薛仁貴等人顯然已經見識過徐真手中之物，對於苟仁武的疑惑顯然早有意料，一個個只是笑而不語。

徐真也並未自恃，微笑著將手中之物遞了過來，苟仁武稍稍端詳查看，見得此物乃五節打磨過的翠竹套筒連接而成，大小漸次相套，可伸縮收放，前後安裝有打磨過的凹凸面透晶石。

苟仁武也是個聰慧之人，見過徐真使用，遂將套筒層層拉出來，閉起左眼，將套筒放於右眼前面，這一看之下，苟仁武心中頓時掀起驚濤駭浪。

這小小套筒居然納天地於內，收遠山於眼前，透過這套筒，居然能看到山上埋伏的敵軍，不止看到他們在相互打旗號傳遞軍令，甚至於連伏兵的臉面都辨認得一清二楚。

「此乃何物！端的如此神奇！」苟仁武小心翼翼地捧著套筒，生怕一不小心會損壞了這件奇物，諸人見其謹小慎微，目中又充滿了對自家主公的崇拜，臉上也是綻放笑容，張久年呵呵笑著解說道。

「此乃我家主公所製之巧器，名曰千里眼。」

「千里眼！」苟仁武驚嘆不已，早先見識過驚蟄雷的威力，他就對徐真敬佩萬分，如今又見如此奇巧之物，真真是對徐真五體投地了。

徐真也不敢自大，擺手謙遜一下也就作罷，而後朝身後弟兄們握拳高呼道：「兒郎們！讓這些假匪兵，見識見識神火營的厲害！」

第一百四十五章
谷口逆襲楊庭發瘋

且說徐真歷經數戰，已然征服了諸多弟兄，雖然朝中許多文官並不喜歡飛速晉升的忠武將軍，然許多中低階武官卻將徐真視為打拚之目標與楷模，身邊的親兵更是將徐真視若神靈，在弟兄們心中，徐真乃不敗之英雄，頗有但使龍城飛將在，不教胡馬度陰山之意。

聽得徐真下令，諸多弟兄也是紛紛行動起來，苟仁武也是疑惑不解，這徐真才區區三百人，如何能夠如此坦然地面對八百敵軍，在明知對方設伏的情況下，仍舊敢闖入敵人的埋伏之地？

然而下一刻他頓時明白了過來，因為後面那幾輛輜重車紛紛露出真容，一顆顆驚蟄雷被弟兄們小心翼翼地搬運出來，兒郎們熟手熟腳地絞起拋車，更有老兵時不時吩咐弟兄們調整拋車的鬆緊，顯然對此已經非常嫻熟了。

楊庭正喜滋滋等著徐真的隊伍入谷，卻見得人馬停於谷口，將後面的馬隊調到了陣前，刷拉拉扯開幕布，卻是一輛輛小型的拋車！

「哈哈哈！人皆言說徐真驍勇善戰，有武有謀，今日觀之，不過爾爾，就算有了拋車，些許飛石，只當雨點打身，有個什麼用！哈哈哈！」楊庭如同見著世間最為可笑之事一般，全然忘記了徐真如何能夠得知其伏兵於此。

諸多將士見此一幕，也是與楊庭一道放聲大笑，既然徐真已然識破，隘口上的檑木滾石也就失去了作用，楊庭不甘於此，連忙下令道：「讓左右兩翼伏兵傾盡而出，將徐真逼入這峽谷來！」

副將領命而去，正要傳遞下去，耳中卻嗡一聲，扭頭看時，十數顆黑乎乎的鐵彈從谷口飛射了過來。

「哼！準備了鐵彈又如何，徒勞無功則已！」楊庭心中暗道，正想命令諸多軍士隱蔽防禦，心頭卻陡然一緊，雙眸之中滿是難以置信之光。

「這……這不是那晚的……！快！快隱蔽！」

楊庭陡然醒悟過來，正是這種詭異的鐵彈，將自己的臉皮都炸爛了！

諸多軍士不明所以，行動也就遲了一步，十數顆驚蟄雷帶著尖銳嘯聲，破空而來，落到了山坡之上。

「轟轟轟轟！」

山坡之上頓時閃爍一團團刺目光芒，煙霧騰空而起，碎石和鐵彈片四處橫飛，周圍伏兵被爆炸衝擊波震開大片，衰落到山下，死活未知。

而處於爆炸近處的伏兵，連呼喊的時機都不曾得到，頓時被炸得四分五裂，殘肢斷足四處橫飛，碎石所過之處，伏兵要麼被砸塌胸膛，要麼被擊碎腦袋，抑或手腳斷裂，真真是慘不忍睹！

這些個幽州兵何時見過此等神威之物，只一輪驚蟄雷下來，二百伏兵就死傷了大半。

「快跑啊！老天爺發怒了！不跑只有死路一條！快跑！」

「這徐真原來真是上天派下來的！快跑吧！」

前一刻還自信滿滿，欲將徐真本部全部殲滅的伏兵，此刻魂不附體，早已被這煉獄一般的場景嚇破了膽子，一時間丟盔棄甲，倉皇逃散，不多時就只剩下滿地的死傷。

苟仁武和青霞子目瞪口呆，如同看到了最為荒誕之事，雖然他們也見識過驚蟄雷的威力，然而上了數量規模的驚蟄雷一齊發射所造成的驚人殺傷效果，還是將他們震懾得心驚肉跳。

左黯張大著嘴巴，目光呆滯地看著眼前這一切，他對楊庭那些手下並無太多感情，張素靈又將他們的所作所為都交待清楚，左黯早已對這些人憎惡不已。

他驚駭地是自家師父果真有驚天動地排山倒海之能，慶幸的是，自己陰差陽錯脫離了楊庭的陣營，否則此時的他也就是個死人了。

寶珠丫頭掩嘴癡笑，捅了捅左黯的後腰，狡黠一笑道：「喂，現在知道怕了吧？若非本姑娘收了你，今時今日你還能保得住小命？你要如何感謝本姑娘的救命之恩？嘻嘻……」

左黯撇了撇嘴，雖然他跟寶珠心意相投，然則鬥嘴嬉鬧習慣了，也不需刻意逢迎，徐真等人對自己又多有優待，連青霞子都對他青眼有加，更是因為寶珠丫頭的極力懇求，將一些近乎道法的詭異之術，都傳授給了左黯。

左黯自小孤苦，又耐得住苦楚，天賦異稟，一點就透，悟性十足，往往能夠舉一反三，為人又機靈討喜，與寶珠丫頭，還有張素靈，也不知為枯燥的行軍旅途帶來多少樂子，諸人自是對他們愛護有加。

見得寶珠丫頭討謝，左黯也是頑皮起來，見得所有人都關注著戰場，就偷偷摸了寶珠丫頭一把，邪笑著道：「嘿嘿，哥哥晚上再好好感謝妳！」

寶珠丫頭臉色頓時通紅，前方敵軍生生死死，這邊倒是卿卿我我，實在讓人不忍直視，楊庭還想著不費一兵一卒就將徐真人馬殲滅，結果到頭卻掉轉過來，徐真人馬未動，楊庭這廂已經死傷大半。

待得他從地上爬起，強忍著耳中刺痛與腦子的眩暈，手下軍兵已經死的死，傷的傷，逃的逃，喪失了所有的戰力。

「天欲亡我耶！」楊庭仰天長嘆，卻聽到對面山坡傳來同樣的爆炸聲，這次驚蟄雷比較集中，居然將山崖崩了一大片，數十人從山上摔落下來，哀嚎尖叫沖上雲霄，令得鬼哭神嚎，好不淒慘。

「不！我楊庭又豈會敗！」楊庭面色一冷，手中長槊一掃，一名逃兵的頭顱當空飛起，無頭屍體鮮血噴射如水柱，於空中綻放一朵朵血色牡丹！

「但有退者，殺無赦！都隨我殺下山去！殺！」

楊庭高聲疾呼，然而從者寥寥，他不得不再殺逃兵，終於將場面鎮壓了下來，收攏之後只得三十餘人，真真是慘澹無比！

這些個殘兵見楊庭還要殺下山去，一個個都哀求勸阻，切莫讓弟兄們以卵擊石，然而楊庭卻被仇恨沖昏了頭腦，又要殺人以震軍心，諸人噤若寒蟬，皆不敢再多言。

而對面山坡的伏兵因沒有主將坐鎮，其實早已逃逸一空，徐真用千里眼一望，知曉山上敵軍已經毫無威脅，又將拋車調轉過來，防禦左右兩翼。

且說這左右兩翼的伏兵聽聞雷霆之聲，一個個抬頭望天，卻不見半點烏雲陰霾，又何來此等震撼天地之聲？

思來想去，只能歸咎於山上檑木滾石之功，是故果斷出兵，左右齊發，四百騎兵往谷口包抄而來！

蹄聲隆隆，雖然身穿前朝明光甲，然這些個騎兵到底是精兵老卒，一個個悍不畏死，拖起滾滾塵頭就衝殺過來，卻見得徐真這邊人馬齊整，蓄勢以待。

為首一將白衣白馬，倒拖著雙槍，背後角旗獵獵作響，真真好俊！

薛仁貴冷眼以對，並未將這些騎兵放在眼中，見得騎隊進入了拋車的範圍，當即緊握拳頭，高聲下令道：「放！」

「嘭嘭嘭！」

拋車發出沉悶卻又急促的震動聲，驚蟄雷帶著嗡嗡破空之聲飛出，落入到了敵人騎隊之中！

「轟轟轟轟！」

左右兩側的騎兵很快就品嘗到了山坡上那些死去同袍的痛苦，胯下戰馬吃驚暴亂，又將諸多殘兵甩落在地，被後面的亂蹄瞬間踐踏成齏粉！

眼看四百騎兵呼吸之間潰不成軍，薛仁貴才從戰馬的耳朵之中扣出兩團棉絮來，身後二百騎兵同樣將堵塞戰馬耳朵的棉絮取出，紛紛抽出自己的兵刃來。

「兒郎們！殺！」

薛仁貴一馬當先，如天將下凡一般，似一團銀光，疾若迅雷，朝敵軍殘兵衝殺了過去。身後親兵個個似虎，人人如龍，將敵軍殺了個天翻地覆，血流成河。

徐真坐鎮中軍，淡定從容，苟仁武與青霞子相視一眼，似乎從對方的目光之中，看到了同樣的東西。

周滄等人自從松州歸來之後，許久未得見過此等場面，帶了人手衝殺出去，又是將逃亡的敵軍好一番掩殺。

楊庭見大勢已去，悲憤欲絕，卻不願逃命，長嘆一聲，遣散了山頭的軍士，又命親兵回幽州覆命，自己卻倒提了長槊，從山坡上縱馬殺了下來。

周滄等人盡皆上陣，連苟仁武都隨之而去，一張犀角弓嘣嘣之聲不絕於耳，羽箭咻咻不斷，真正是百發百中的神箭手。

徐真本以為寶珠丫頭會心驚膽怯，豈知這丫頭與左黯拍馬就上前廝殺，竟是毫無畏懼！無奈搖頭苦笑一番，徐真拔出長刀來，正欲上前助陣，卻見得山上塵頭滾動，一將那受傷的狼虎一般衝殺下來，口中兀自咆哮道。

「徐真！還吾弟性命來！」

見得楊庭衝鋒而至，徐真絲毫不怯，眉頭一皺，拍馬迎了上去，楊庭居高臨下，勢如龍象，一桿長槊似那破雲之天光，倏然而至，二馬交錯，徐真揮刀來擋，震得虎口崩裂，鮮血橫流。

「好一員猛將！」

徐真心中暗自讚嘆，楊庭卻已經掉轉了馬頭，長槊抹向徐真咽喉，偏頭一躲，徐真長刀黏住槊桿，靴子一磕馬腹，陡然衝出，長刀沿槊桿削去，楊庭果斷撒手，這才保全了五指。徐真順勢將長槊抄起，二人再次擦肩而過，徐真勒轉馬頭，將長槊猛然擲了過去，楊庭如背後長眼，堪堪躲過了長槊，卻抽出橫刀，再次攻向徐真。

短兵相接，徐真長刀鋒銳難當，增演易經洗髓內功陡然爆發，一口內力凝聚提升，灌注於右手之中，噹啷一聲就將楊庭手中橫刀斬斷。

楊庭將手中半截刀投擲過來，趁著徐真躲避之時，卻從馬背躍起，將徐真撲落馬下，一口就咬向徐真脖頸，真如瘋狗一般，讓人畏懼。

第一百四十六章

殘兵歸心幽州新策

或有云：「甯為義死，不苟幸生，而視死如歸也。」一道盡了鐵血兒郎之骨氣，但有斷頭將軍，豈有降將軍也！

這楊庭雖擇主不慎，卻也是個鐵骨錚錚的好漢，為報胞弟楊魁之仇，縱使剩下最後一口氣，也要與徐真玉石俱焚！

然則楊魁作惡多端，多行不義必自斃，乃死有餘辜，楊庭又護短，不見了大義，眼中只剩私仇，此時也是奮不顧身，欲將徐真置之死地。

長槊橫刀俱丟失，楊庭手無寸鐵，卻將徐真撲落馬下，覷準了徐真脖頸就要一口撕開徐真血脈，面目猙獰如那原野上的鬥獸。

眼看著一口白牙就要貼上徐真皮肉，楊庭卻聽到一陣刺耳的摩擦生，徐真的長刀如掙扎於泥沼之中的遊魚，不過最終還是嵌入了楊庭的胸鎧之中。

楊庭只覺著胸膛一麻，心頭頓時一滯，一口氣再也無法提上來，掙扎著想要咬下去，可白牙距離徐真脖頸只有寸許，卻始終無法再前進半分。

徐真趁勢將楊庭踢飛出去，長刀唰一聲順勢拔出，血跡如荷葉上的露珠一般從長刀鋒刃滑落，真真是刀不血刃。

「咳……咳咳……」楊庭不斷咳出血沫來，一雙血紅眸子卻仍舊死死盯著徐真，五指成爪，固執地想要抓向徐真，然而身體卻已經無法再移動。

平心而論，這楊庭果真是豪傑樣的人物，由不得人不佩服，徐真緩緩蹲下來，想給對方一個痛快，免得楊庭再受苦，而楊庭卻抓住了徐真的靴子。

他的眼睛不再盯著徐真，而是艱難地望著前方，那裡是周滄等人俘獲的二百多名騎兵，這些兵可都是他一個個帶出來的。

徐真眉頭頓時皺了起來，他心裡知曉，這楊庭如何都不肯咽氣，是放不下這些被俘的軍中弟兄……

「安心去吧，我不會傷了他們的……」

聽到徐真這句話，楊庭雙眸之中的血色似乎黯淡了下來，又恢復了些許生機，嘴唇翕動了許久，憋出了兩個字來：「謝……謝……」

徐真看著楊庭斷氣，這才緩緩站了起來，朝楊庭鄭重地行了一禮。

戰場終究得以平歇，二百多騎兵俘虜低垂著頭，心裡仍舊充斥著無盡的恐懼，驚蟄雷對他們的震撼實在太過巨大，讓人久久無法平靜下來。

徐真並不恨這些軍士，因為他們只是聽命行事，他恨的是幽州刺史高履行！他恨的是高履行背後的太子李治！

若非這兩個人想要打壓自己，這些大唐的兒郎們又怎會同室操戈，白白犧牲了性命！

他走到這些騎兵的面前來，來來回回打量著這些人，他們之中有身經百戰的府兵老卒，又血氣方剛的年輕兒郎，也不乏有家有室的沉穩中年，每個人都抬起頭來，注視著這位決定著他們生死的男人，他們的目光之中充滿了對生命的渴望。

徐真長嘆了一聲，沙啞著聲音道：「本是同根生，相煎何太急啊……都走吧……」

擺了擺手，徐真轉身離開，只留給這些人一個錯愕的背影，周滄等人言聽計從，緊隨而上，三百親兵之傷了三十多，由袍澤照看著，繼續上路，沒有任何一個人去碰任何一件戰利品。

從敵人身上獲取的，才能稱之為戰利品，這些死去的軍士，不是徐真的敵人，而是受害者！

是李治與高履行平白犧牲掉的受害者！

一想到這裡，徐真就懊惱不已，他甚至有些動搖，自己的道路，真的是正確的嗎？

那二百騎兵並沒有離開，他們看著徐真本部漸漸遠去，頓時發覺再也沒有了自己的容身之處。

此次行動乃絕密行動，若成功也就罷了，人人有賞，皆大歡喜，可如今主將楊庭身死，若他們逃回幽州，為了掩蓋此次行動，心狠手辣的高履行勢必會毫不猶豫殺他們來滅口！

徐真之名早已傳遍整個幽州，他的事蹟已然無人不知無人不曉，就算是這些騎兵都非常敬仰徐真的為人，他們發自內心不願參與此事，然作為軍士，不得不服從命令。

直到驚蟄雷發動起來之後，他們才親身體會到，關於徐真的種種傳說，都是真的！

他們都是精兵，無論放在任何一個戰場之上，都足以以一當十，然而他們卻遇上了徐真，遇上了本不該出現在這個世間的驚蟄雷，於是他們徹底地敗北，輸得一塌糊塗。

他們是天生的軍人，他們體內流淌著唐人不屈的榮耀，這種榮耀，不容許他們莫名其妙地被滅口，不允許他們平白接受徐真的恩賜。

若不是徐真，他們必死無疑，然而徐真卻放了他們一條生路，給予了他們第二次的生命，可那個主導整個計畫的高履行，卻要不遺餘力的殺人滅口，將他們的生命再次剝奪。

他們是軍人，他們也是人，他們也有自己的思想，特別是主將再也無法壓迫他們的思想與自由之時，這種念頭就越發的強烈！

「哼……」

有人輕哼了一聲，而後無奈的苦笑，接著撿起地上的兵刃，牽起戰馬，慢慢地跟上了徐真的隊伍。

第二人默默地跟了上去，越來越多的人，跟了上去。

徐真走得很慢，因為他心亂如麻，走著走著，他發現自己的身邊除了凱薩，已經沒別人了，於是他回頭，看到周滄等人以及親兵營都停了下來。

越過自家弟兄的人頭，他看到二百騎兵牽馬走來，他們昂起頭來，像一個真正的唐人，而不是任由權貴驅使的走狗。

周滄等人自覺分開一條道路，這些騎兵緩緩穿行，來到了徐真的面前，整齊劃一的重整了佇列。

徐真看著這些騎兵，心頭的煩亂與掙扎突然一掃而空，他知道，他的選擇並沒有錯，如果他現在放棄，那才是真正的錯！

他不能推翻李治，不能殺掉李治，甚至不能與李治為敵，但，他卻可以改變李治！他卻可以清楚知道李治身邊那些佞臣賊子。

他輕輕磕了磕馬腹，青海驄噴著響鼻，馱著徐真來到了騎兵們的面前，在前一刻，他們還在相互廝殺，而楊庭死後，他們又回歸到了同樣的位置，他們跟徐真的親兵們一樣，都是大唐的好兒郎，都是守衛大唐國門的英雄將士！

「鏘鏘！」

二百多騎兵齊刷刷舉起兵刃，周滄等人慌忙拔刀警戒，然而徐真卻面不改色，直視著眼前的騎兵。

「誓死追隨將軍！」

適才帶頭的那名士兵高舉手中橫刀高呼。

「誓死追隨將軍！」

「誓死追隨將軍！」

徐真緊握著拳頭，只覺一股暖流從心底最深處洶湧起來，填滿了他的胸腔！親兵營又多了二百餘的弟兄，加起來已經有五百餘人，過了斷龍谷，開始進入營州的地界。

而幽州這邊，高履行還在府中尋歡作樂，新收入府的靺鞨女奴雖然膚色黝黑，然而身子健美，前凸後翹如剛成年的母豹，狂野而剛健，沒有江南女子那不堪撻伐的嬌弱，彷彿足以讓你徹夜不息的肆意蹂躪，都能夠承受得住一般。

高履行畢竟紈絝輕縱，身子早已被掏空，面對這等堅韌的女奴，很快就敗下陣來，見那女奴的目光之中包含不屑，高履行頓時惱羞成怒，從床榻上跳起來，抽出牆上掛著的寶劍，刺入了女奴的胸膛。

女奴咧嘴一笑，鮮血溢出嘴角，臨死都帶著對高履行的不屑與憐憫，似乎這個高高在上的刺史，不過是個怯弱的可憐蟲罷了。

高履行心神不寧，將案幾上的酒壺都喝乾，這才平靜了下來，手指卻兀自輕輕顫抖著，過得小半個時辰，僕人將房間重新收拾停當，年方二六的小婢子又脫了衣服，輕手輕腳鑽入被鋪之中，為高履行侍寢。

然而刺史似乎並無興致，默默望著窗外的白月光，眉頭不斷跳著，似乎在等待著不祥的降臨。

「哼，楊庭又豈是易與之輩……」自嘲地苦笑了一番，高履行才鑽入被鋪，抱著那小婢子睡去。

可剛睡下不久，外面就響起了輕輕的叩門聲，高履行不禁惱怒，若是平時，絕無下人敢打擾他歇息，他也決不允許別人打擾他的幽夢，然而今夜，他卻匆匆披了衣服，疾行過來開了門。

慕容寒竹眉頭緊皺，一臉愁容，見得高履行親自來開門，只是輕輕搖了頭。

「該死！該死！」高履行之怒火終究爆發出來，房中之物不斷被摔於地上，那小婢子嚇得臉色蒼白，如一頭受驚的幼羊。

慕容寒竹輕輕走了進來，朝小婢子招了招手，那小婢子戰戰兢兢走了過來，慕容寒竹為她披了一件衣服，將她輕輕送出了房門，關上門之時，他看到小婢子的目光之中，滿是感激。

「使君稍安，此時還不是發怒之時，所謂亡羊補牢，為時未晚也。」

高履行冷哼了一聲，終於平息了下來，憤憤坐了下來，想喝酒，酒壺卻空了，又將那酒壺摔在牆上，四分五裂。

「先生有何高見？」

慕容寒竹輕輕叩著案几，沉默了片刻，這才開口道：「好生處置倖存兵士，切莫走漏風聲，發書給張儉，讓他好好接待咱們的忠武將軍……」

第一百四十七章

斥候紛至營州人來

高履行雖依仗家世，然則能擔任一方大員，到底也有些魄力與手腕，且為人狠辣，不擇手段，性子極為陰險。

可事態發展至今，儼然超乎他的預想，其心中亦多有懊惱，若當初聽了慕容寒竹的勸阻，暫時放過徐真，由張儉來拿捏，如今也不會大敗於徐真之手，此番若張儉壓不住徐真，憑藉徐真之手段，接下來的遼東之戰，少不得會成為徐真揚名立萬的絕佳時機了。

死了一個高狄已經夠人頭疼，如今楊庭也死了，這叫他如何向朝廷交代？

高狄也只是個刺史府長史，在幽州或許還能狐假虎威狗仗人勢，可在偌大朝堂之中卻上不得檯面，然楊庭卻是一個實權校尉，朝廷兵部正式委任，又曾經參與剿滅前隋殘部，如今莫名其妙就死了，少不得要動用關節，耗費資源去打點疏通。

慕容寒竹雖事前多有勸阻，又不被高履行所採納，如今一語言中，他也不憑恃而驕，反倒主動出謀劃策來補救，高履行心中佩服，直讚道：「崔先生果乃真謀士也！」

既欲重用慕容寒竹，高履行也不再倨傲，恭敬著向慕容寒竹求策曰：「事已至此，先生認為當何以自處？」

慕容寒竹眼中閃過一絲狠辣，似乎下了很大的決心，這才緩緩開口道：「使君，截殺朝廷委任軍官，此乃等同於謀逆之罪也，若洩露出一絲半點風聲，只怕使君之位不保也……事到如今，只有一個法子……」

高履行也是憂心忡忡，他豈有不知之理，只是高狄與他情同手足，他又想借此博得太子李治的重任，從龍而望，少不得要做一番大事，再者，他自覺能夠將徐真一網打盡，全殲於此，這才放手一搏。

可誰能想到徐真本部三百親兵竟反殺了個落花流水，此時他也是心急如焚，聽聞慕容寒竹有良策，當即驚喜問道：「什麼法子？」

「殺！」

「先生把我弄糊塗也，早先又勸阻，如今卻反過來要我殺徐真，這徐真此時或已入了營州境內，想要派兵追殺也來不及，再者，楊庭都收拾不了他，幽州又有何人能勝此任？」高履行眉頭一皺，顯然對此策頗為不滿。

然而慕容寒竹卻只是淡淡一笑，既然收了笑容，稍稍將身子探過來，低聲道：「使君切莫心焦，崔某欲殺之人，並非徐真，乃另有其人……」

這都快烈火燃眉了，慕容寒竹還在遮遮掩掩，高履行難免不悅道：「先生但說無妨，何必如此遮掩，都快將本官急死了！你快說，到底殺誰？」

慕容寒竹直視著高履行，嘴角微微抽搐，低沉著聲音擠出三字：「殺殘兵！」

「這……！」高履行心頭猛然一滯，難怪慕容寒竹會遮遮掩掩不敢進言，他高履行本以為自己已經足夠狠辣，沒想到慕容寒竹更為甚之！

楊庭一死，必定要尋些由頭來搪塞，如今還有七十餘殘兵得以逃回，慕容寒竹這是要將這些殘兵當成真正的前隋匪兵來處決了。

朝廷最為痛恨者，莫過於這些仍舊高舉大隋旗號的遺老與餘孽，若將這七十餘名幽州殘兵殺死，自然就不會洩露風聲，更能夠獲得一件大功，假奏楊庭剿匪而就義，朝廷必定極力撫恤，此計雖毒，卻一舉多得，變百害為百利，反轉乾坤，真真是一條絕佳妙計。

慕容寒竹見高履行愕然呆滯，心中卻不以為然，因著他識人無數，早已清楚高履行的為人，此計雖毒，然高履行必定會採納。

「好！殺！」果不其然，高履行雙眸爆發狠辣精芒，將親信喚入內室，細細囑託一番，這才安下心來。

似乎覺得此事得以完美解決，高履行心頭大快，見得慕容寒竹仍舊守在外廳，遂欲邀了慕容寒竹來夜飲，後者卻婉拒道：「使君厚愛，崔某豈敢不從，只是這徐真陰險狡詐，某擔心張都督無法制約得住，今番前來又有密令傳遞，是故欲連夜趕往營州府，還望使君見諒則個……」

高履行聞言，不由眉頭一皺，他已將慕容寒竹視為股肱依仗，心中實有不捨，然其素知張儉為人，若無慕容寒竹相助，說不得只能坐視徐真壯大，慕容寒竹乃東宮密使，自是四處捭闔連橫，如此也就只能忍痛放行了。

「先生要務在肩，本官又豈敢阻礙，此番前往營州，山水險惡，少不得需要個婢子伺候著，還望先生不要推辭。」

高履行言畢，拍了拍手掌，一名青衣少女頓時從房外進來，但見此女眉目低垂，冷豔自矜，多有英氣，顯示身手不凡。

「上官沐兒乃本府貼身死士，今番就護送崔先生前往營州，保得先生周全才是。」

慕容寒竹不由心頭冷笑，這高履行果真是放心不過，將上官沐兒安排在自己身邊，往來傳遞消息，然而過了這幽州，他慕容寒竹就能徹底撇清謀殺徐真之事，就算事發，黑鍋也該當由他高履行來背負了。

慕容寒竹上路之時，徐真本部已然進入營州之境，那二百騎兵也成了徐真的死忠，又走了數日，有三五個幽州斥候來投靠。得知高履行將倖存殘兵殺害之時，騎兵們群情激奮，恨不得殺回幽州。

果真是那防民之口甚於防川，紙包不住火，雖然朝廷上對楊庭之死下了定論，又對幽州剿匪都有褒獎，然而幽州那些消息靈通的斥候們，卻知曉事情內幕，一個個惶惶不可終日，忍受不住者紛紛趁著出勤，逃離了幽州。

斥候之間多有秘密管道傳遞資訊，一來二往，幽州斥候都知曉有二百騎兵降了徐真，此時正趕往營州，一時間諸多斥候紛紛夜奔，來追趕徐真本部，投到徐真麾下來。

徐真聽聞高履行之惡行，也是勃然大怒，然而朝廷已經對此事蓋棺定論，如今又征遼在即，再掀起這等傾軋爭鬥，顯然不合時宜，徐真也就暫時忍耐了下來，命左黯收拾這些來投斥候，又從騎兵之中挑選精英，組建自己的遊騎斥候營，繼續往營州方向前行。

這營州乃古郡州府，置治所於柳城，長官都尉張儉，字師約，乃高祖李淵之從外孫，高祖起兵之時，儉以功除右衛郎將，遷朔州刺史，彼時頡利可汗強盛，多有壓榨，每有所求，必稱詔敕，邊吏怯懦，不敢不奉。

張儉走馬上任，卻獨獨不奉頡利可汗，又教民屯田，歲收穀糧數十萬斛，如遇霜旱天災，就勸百姓相互救濟，免受饑殍，州郡之民無不稱頌。

到得李靖平了突厥，有突厥殘部走投無路，來投靠張儉，其必好生安置，而後又遷營州都尉，兼護東夷校尉，卻因坐事而被免，多得長孫無忌提拔救濟，其時有契丹、奚、霫、靺鞨諸多藩族部落與營州相鄰，高句麗引眾入寇，張儉平之，俘斬略盡，復拜營州都督。

若無長孫無忌之提拔，張儉也不可能重新入主營州，是故收到長孫無忌密信之後，就開始籌謀著如何打壓徐真。

聽聞徐真部即將抵達柳城，張儉則召集眾人議事，或有說徐真年少氣盛，資歷不足以領導一府之軍兵，又有說徐真乃聖上欽點巡檢使，代天子巡視營州，該妥當接洽云云。

其時胤宗與高賀術等人被遣往契丹等部族聯絡軍情，薛大義與謝安廷則升任軍中校尉，各自練兵，早早收到徐真密報，卻久久等不到徐真前來，心裡也有些擔憂，此時聽說自家主公已經臨近柳城，頓時放心下來。

張儉固然知曉諸人乃徐真舊部，只是初時長孫無忌並未將徐真放在眼中，胤宗等人一個個勇猛似虎狼，是故得到張儉極大重視，如今卻要對徐真下手，張儉也心有遲疑，不知謝安廷等人是否聽從調遣。

心中有了這番計較，張儉也就將謝安廷等人按下，嚴令諸人仍舊練兵，卻不讓他們隨行去迎接徐真，諸人始知這位都督是要排擠自家主公了。

徐真若到營州來領都尉之職，勢必要分去張儉的兵馬，這位勞苦功高的都督，又豈會讓徐真輕易如願？

既有心怠慢，張儉又以老賣老，是故只派了營州府司馬韓復齊率隊迎接，這韓復齊只不過是一介武夫，乃張儉妻弟，遊手好閒，多有武力，也不問州府之事，只顧四處巡弋滋事，逞兇鬥勇則已。

韓復齊深諳張儉心事，欣然領命而去，帶了三百親兵，出柳城十里，挑的都是些狠辣老卒，鮮衣怒馬，甲冑鮮明，氣勢洶洶，勢必要給徐真一個下馬威。

一干人齊整肅穆以待，時近中午，果見得官道上塵頭滾滾，唐旗慢慢從地平線上升起，而後是徐字旗，為首一將紅甲長刀，後背雕弓，赫然是那赴任的折衝都尉，忠武將軍徐真。

「兒郎們！都打起精神來！讓這不知天高地厚的黃口將軍，好好見識我遼西兒郎的氣魄！」

韓復齊振臂高呼，背後三百老兵轟然應命，高舉營州大旗，甲衣刀兵鏘鏘作響，果真散發出懾人軍威來。

然而過得片刻，前方斥候卻飛奔回陣前，滾鞍落馬報導：「稟告司馬，前方軍陣之中發現舊隋餘孽，足足有三百之數！」

「甚麼！反了他個徐真！如此明目張膽包納前朝逆賊，將我大唐軍律法紀視為無物麼！兒郎們！都隨我來！」

韓復齊早聽張儉說過，徐真並非良善之人，今日一見，果真如此，又有心拿捏架子，正苦於找不到由頭，聽聞線報，當即大喜，卻故作義憤，帶著三百親兵，將徐真本部人馬攔了下來。

第一百四十八章

兩虎相鬥周滄建功

市井有說：「窮居鬧市無人問，富在深山有遠親。」，張儉既高居營州都尉，來往巴結者自然數不勝數，然諸人之中，他卻獨愛妻弟韓復齊，皆因此子雖不學無術，卻對自己惟命是從，堪稱死忠。

其人尚武，也不參與州事，司馬一職不過虛位，平素最喜與柳城縣尉一同緝捕盜賊，又與郡府校尉交往甚密，常常於軍中廝混。

韓復齊早先混跡遼西綠林，也是一方好漢，入了官軍之後，因著性子豁達開闊，耿直驍勇，而得到諸多軍士抬舉，頗得人心，如今見得徐真人馬之中包裹近乎三百前朝餘孽，正好借題發揮，給徐真狠狠一番敲打！

他既得了張儉囑託，有機會過過領軍之癮，自是好大一番軍威，親自挑選了這三百老兵，人人如狼虎，將徐真等人當頭攔截了下來。

徐真前來營州之時，早就打探清楚，知曉張儉乃長孫無忌的門生，自知張儉不會歡迎自己，可沒想到對方非但沒有親自來迎，反而派人堵了自己路！

韓復齊威風凜凜，高昂著頭顱，跋扈霸道，也不落馬，只是傲慢地問道：「前面可是徐真？」

徐真不免皺了眉頭，心思著某乃堂堂都尉，聖上親賜忠武將軍，怎地就如此不值錢？非但楊魁這等小校尉要冒犯自己，高狄這樣的一州長史也敢拘拿到私牢之中，如今到了營州，地方與軍方文武官僚不來迎接也就罷了，隨便來個人都敢直呼徐真之名？

然而這裡畢竟是張儉的地頭，徐真也不想一來就惹得天怒人怨，今後無法震懾一府之軍兵，是故忍耐了下來，淡然道：「某正是徐真，不知來者何人，緣何阻攔官駕。」

徐真說得平淡，周滄等人卻已經心有憤憤，這韓復齊綠林任俠之氣甚濃，周滄乃同道中人，自是感應得到，所謂一山不容二虎，綠林豪傑固好爭強鬥狠，一番眉眼相接，皆感受到對方之暴戾，周滄由是按刀，殺氣頓時瀰散！

韓復齊心頭暗驚，竊竊讚道：「好一條漢子！」

然而他掃視了徐真兵馬，見得徐真身後乃三百親兵，護衛著幕布遮蓋的輜重車馬，三百穿著前朝明光甲的餘孽則護衛左右，這些個都是見過生死的精兵悍卒，分毫不輸營州這邊的人手。

徐真早知張儉為人，也不想拋車落入他的手中，由是將拋車拆卸完善，與諸多糧草輜重一同押運，不僅省了行程，還能保守自家的底細，如今正好充了數，被韓復齊見得輜重甚多，不由高看了一眼，遂拱手回道。

「吾乃韓復齊，營州府司馬，奉大都督之命，出城十里恭迎徐都尉，只是……都尉這護兵似乎有點多啊，不如讓左右兩翼隨韓某率先入城安置可好？」

徐真暗道不妙，該來的終究是來了，這些個騎兵本是幽州府騎兵，因著高履行設計截殺徐真，這才假扮前朝餘孽，奈何徐真輕裝簡行，並無軍甲可供替換，故而只能任由他們穿著這身明光甲，本想著到了地方再好生解釋，沒想到還是讓韓復齊截住了。

如此看來，這韓復齊倒也並非有勇無謀之人，忌憚周滄武力，也不敢直接扣押，然徐真等人非常清楚，這三百騎兵若隨韓復齊入了營州，勢必要被繳械俘虜起來了。

韓復齊得了張儉的囑託，刻意不稱呼徐真為天使，只用都尉的頭銜來推辭，如此也就回避了徐真乃聖上親遣之使者，需一方大員親自迎接的禮節。

徐真還在考慮措辭，周滄卻指著韓復齊大罵道：「這營州府是怎地做事，我家主公堂堂天使，只派了個甚麼司馬小官來迎，笨嘴拙舌還要推三阻四，真當我家主公沒脾氣耶！」

張久年向來極能容忍，可主公一路走來，處處被怠慢，更是遭人暗害，早已忍無可忍，若是平時早已阻攔周滄，今次卻覺得解氣非常。

三百騎兵平日裡都交由周滄打點，對周滄服服帖帖，被韓復齊覬覦，想要拿了入城，諸多弟兄早已氣憤難當，見著周滄現身為弟兄們出頭，諸多騎兵心頭頓時一暖，眼中不乏對周滄的愛戴。

本部親兵亦覺著舒暢不已，一時間士氣大振，反壓倒了韓復齊這邊的氣勢。

周滄是見慣了生死之人，一聲戾氣瀰散開來，又有何人敢承受！偏偏這韓復齊就是個爭強鬥狠之凶徒，聽聞周滄大罵營州無人，將他堂堂司馬不放眼中，心頭勃然大怒，抽出橫刀就拍馬而來！

「好你個莽漢！為虎作倀，藏納逆賊！今番就拿了爾等入城問罪！」

周滄見這人不識好歹，居然還敢主動來挑事，心裡早已按捺不住，徐真知曉攔他不住，只是點了點頭，周滄嘿嘿一笑，抽出碩大的陌刀來，胯下龍種神駒嘶鳴一聲，如離弦之箭一般疾馳而出！

這陌刀乃軍中重器，非常人所不能驅馭，而周滄這柄詭異陌刀乃來自於天策神墓，比一般陌刀都要寬大，拖刀走來，威勢震天，營州這邊的老兵都不由陡然變色！

「只知道聒噪的狗奴！看你爺爺的大刀！」周滄暴喝如雷，胯下龍種如黑風席捲，手中陌刀揮灑出大片銀光寒芒，與韓復齊錯馬而過。

「鐺鎯！」

韓復齊只覺手臂一陣酥麻，握刀虎口已然迸裂，一合交戰，手中橫刀差點被周滄劈飛，心頭頓時駭然！

他本是遼西綠林有名有姓的好漢，又廝混營州軍旅，本以為勇武超人，沒想到一合之下居然堪堪抵擋得住，反觀周滄如閒庭信步一般舉重若輕，大氣都不喘一絲，這叫他韓復齊如何不心寒！

「弟兄們，徐真勾結逆賊，欲襲擊柳城，快回報大都督，領兵來剿！」韓復齊靈機一動，慌忙下令，背後三百軍士分出一騎快馬來，趕回營州通信，剩餘者卻紛紛抽出刀刃來，想是要誓死將徐真等人拿下了。

徐真這廂好歹也有三百親兵，三百騎兵，麾下又有諸多猛將，又豈能讓韓復齊造次！對方既然想陷害徐真於不忠不義，徐真也無須講究同胞情誼，沉聲下命道：「周滄，拿下此人！」

周滄本只想著震懾宵小，沒想到韓復齊卻給主公扣了個勾結逆賊的帽子，心頭豈有不怒之理，拍馬而回，陌刀再次橫掃，韓復齊舉刀來擋，那刀頭卻被周滄削去了半截，錯馬而過之時，周滄一腳踢在韓復齊馬腹之上，那遼西大馬居然被一腳踢翻在地，連同韓復齊一同摔落馬下。

「此人神力也！」

韓復齊滾落在地，當即撲到戰馬旁邊，想要抽出馬背上的短刀，然而手掌最終停在了半空，因為周滄的陌刀已經架在他的後頸之上，只要稍稍用力，他韓復齊可就要人頭落地了！

「韓司馬！」

手下諸多親兵鏘鏘抽刀，卻無人敢上前來，徐真拍馬前行兩步，見得那報信的快馬已經疾馳出三百步開外，當即笑道。

「一場誤會則已，何必勞煩大都督，仁武兄，可留得住那位弟兄？」

荀仁武微瞇雙眼，也不打話，拍馬上前，解下背後巨大犀角弓，彎弓搭箭一氣呵成，那巨弓拉開如滿月，一根白羽咻一聲消失，只剩下弓弦猶在嗡嗡作響。

過得一個呼吸，諸人舉目而望，才見得白羽高高飛起，落向三百步之外的那名報信騎兵。

「這……這不可能！」

眼看著那羽箭飛躍三百餘步，韓復齊及其一干營州兵心頭掀起驚濤駭浪，連徐真這邊的人馬都嚇得目瞪口呆！

這神箭手縱使裝備重弓，開滿之後也不過二百步的射程，荀仁武這等看似如文弱書生一般的人物，居然開滿巨大的犀角弓，還能射出三百步之遙，這是何等膂力，何等神弓！

非但這些人驚訝無語，連徐真都心頭暗驚，他素知荀仁武善射，考慮到他那張古怪巨弓的威力，也就想試探一下他的底細，畢竟他對荀仁武的身份已經有了個模糊的猜想，今番正好驗證一下。

沒想到荀仁武果真做到如此地步！

那白羽破空而來，報信的騎兵眼看就要被射落馬下，然而這人也是機警之極的斥候，心生警兆，發自本能回身抽刀，竟然將那羽箭給打落了下來。

「可惜了……」荀仁武搖頭嘆氣道，徐真卻朝他滿意地點了點頭，以示讚賞。

既然走漏了風聲，想來張儉必定會借此發難，少不得一番囉嗦和摩擦，徐真摸了摸唇上的一字鬍，頓時計上心來，抽刀指著前方三百營州兵，厲色喝道：「給我將這些冒犯上官的罪兵拿下！」

張久年等人大聲領命，威震四野，韓復齊又被周滄所制，那些人哪裡還敢亂來，「鐺鐺」就將兵刃投擲在地上，束手就擒了。

繳械下馬之後，徐真將這些營州老兵都聚攏在一處，只是笑而不語，張久年也不知徐真意欲何為，手下一干人更是迷惑不解，只有凱薩見得徐真那狡黠的笑容，暗自捏了捏他的後腰，低聲道：「狡詐的唐人！又要使壞了！」

徐真故作威嚴地瞪了凱薩一眼，大手一揮，朝那三百騎兵弟兄們下令道：「咳咳……把他們的衣甲都給脫下來！」

「什麼！」

諸人大驚，然而張久年與青霞子等老人們，已經看出一些端倪，知曉徐真想要幹什麼了……

第一百四十九章

逆轉乾坤氣壞張儉

雖遣了韓復齊前去迎接徐真，然張儉猶自放心不下，與諸多營州府官員於都尉府飲宴，席間少不得一番敲打提點，唆使文武官員一同排擠徐真。

這些人都是地方官員，如今征遼在即，又豈敢不聽大都督號令，連刺史和別駕都不敢開聲，其他人越是唯命是從了。

正談笑間，外面卻滾進來一名斥候，大腿上還插著半截箭桿，正是那名回來報信的遊騎斥候。

沒想到他揮刀擋了苟仁武的羽箭，卻只削掉了箭尾，半截箭桿還是射中了他的大腿，前面戰事一觸即發，他也就顧不得傷勢，飛馬回報。

張儉聽完之後，頓時大喜，這韓復齊果真是個能辦事的狠人，居然第一天就抓住了徐真的把柄。

「那徐真果真與逆賊狼狽為奸？」張儉壓抑著激動的心緒，抓住遊騎斥候的肩頭問道，後者肯定地回覆：「三百逆賊，盡皆披甲，乘騎戰馬，與忠武將軍……與徐真同行！」

「好！哈哈哈！天助我也！」張儉心頭狂喜，表面上卻眉頭緊皺，故作痛心疾首，與宴上諸多官員通報道。

「諸位，韓司馬奉命接洽徐都尉，卻發生這等事，以韓司馬之為人，想來已經為國盡忠拚搏，要捉拿這通逆的徐真了，我等既是營州一地的守護者，又豈能坐視？還請諸位一同發兵，捉了這徐真回來。」

張儉素來與高履行溝通甚密，自然知曉幽州與遼西之地早已剿清了前朝餘孽，這些騎兵能夠與徐真同行，他也能猜出個七八分來，想必是高履行派人假扮，想要對徐真下黑手，結果功敗垂成，反被徐真收編了。

雖明知如此，然張儉絕不可能放過這等良機，韓復齊驍勇善戰，所領三百親兵又個個都是精悍的老卒和熱血的兒郎。

這徐真新降高履行的三百騎兵，必是人心不穩，其本部三百人只不過是擺弄軍械的輔兵，關於徐真身邊這三百親兵，他張儉早已收到長安方面的線報，是故並未放在眼中。

此時爆發衝突，韓復齊必定還在支撐，且這韓復齊也並非死戰的愚人，說不得要且戰且退，將徐真引至柳城這邊來，若此時發兵，定能將徐真一舉拿下！

然徐真畢竟是朝廷委派的正四品折衝都尉，兼有忠武將軍的頭銜，更是受領神勇伯爵和上輕軍都尉的勳位，在座諸位並非都有張儉的膽色。

他們乃官場老人，又如何不知張儉想要故意打壓徐真？然徐真乃聖上欽命之幽營二州巡檢使，這可是有著欽差的身份，嚴格追究起來，這可就是代天子巡視，張儉不親自恭迎就已經足夠怠慢了，居然還要捉拿徐真？

雖然他們並不清楚為何會有三百逆賊與徐真隨行，然而在場之人，只要腦殼沒有被驢踢過，都應該能夠想得到，年少有為的都尉，又怎可能與前朝逆賊坑瀣一氣？

若能拿下徐真，坐實了這罪名，張儉固然能夠繼續將營州的府兵全部捏在手中，然這張儉本來就足夠蠻橫，地方上也不能坐視其一家獨大。

見諸多地方官員不言不語，張儉自是不悅，只是冷哼一聲，拂袖離席，召集八百騎兵，轟隆隆離了柳城，營州地方官員深怕失了徐真，聖上會遷怒於營州，是故紛紛上馬，隨著張儉而行，關鍵時刻少不得要勸阻一番，留下徐真的性命來。

然而行至五里亭之時，張儉的騎隊卻停了下來，諸多地方官員連忙拍馬上前，卻見得官道遠方，一部人馬緩行而來，打頭乃徐字旗，該是赴任的忠武將軍徐真，然而卻並未見到韓復齊的人馬。

張儉心頭不由湧起一股不祥的預感來，那斥候分明回報，言道徐真有三百騎兵披著前朝逆賊的明光甲，此時徐真本部左右兩翼確實有三百騎兵護衛隨行，所披掛的卻是大唐的衣甲。

幽營二州雖地處偏遠，然年關賀歲之時，諸多地方官員都遠赴京都覲見朝拜，是故認得徐真容貌身姿。

此時徐真一馬當先，按刀而行，雖只有二十五六的年歲，然刻意蓄了清爽的一字鬍，看著越發沉穩成熟起來。

其左側一將威風凜凜，滿身殺氣，虯髯若鋼針，豹頭燕頷，該是親兵衛隊的校尉周滄了。

而徐真右側白衣白馬的護軍卻從未見過，想來是徐真新收的侍從，一干人器宇軒昂，軍容整齊，士氣振奮，哪裡有半點頹勢！

待得隊伍再走近，張儉等人終於看清楚，這徐真三百本部人馬後面，卻是拖行著三百穿著前隋明光甲的逆賊俘虜。

可眼尖之人都已然看出來，這些個逆賊俘虜，不正是韓復齊和他那三百親兵麼！

張儉與諸多地方官員實在是難以置信！人皆言徐真晉升飛快，可謂平步青雲，然到底只是個有勇無謀之輩，於朝堂爭鬥半點不懂，還差點跟著魏王李泰，失了聖上寵愛，又得罪了司徒長孫無忌與當今東宮太子李治云云。

「這……這怎麼可能！」

既是如此，諸人自然而然覺得，徐真到這營州府來擔任都尉，勢必要仰人鼻息，不敢太過高張，沒想到這還未入得柳城，居然就已經將迎接他的營州府司馬韓復齊給綁了！

而更讓人匪夷所思的是，韓復齊與手下三百親兵，身上居然穿著前朝逆賊的明光甲。

張儉只覺一時難以接受，身後八百精銳騎兵肅立待戰，卻久久等不來大都督的軍令，只是透過人群，可以看到大都督的背部在劇烈起伏……

徐真見得張儉與營州文武官員一同守候於五里亭，數百騎兵駐於後方，心裡已然清楚，只不過表面上卻淡笑如故。

「張大都督實在太客氣了，諸多同僚處理地方政務，公事繁忙，怎敢勞煩來迎，實乃折煞了徐真也！」

徐真也不下馬，周滄與薛仁貴等諸將只是按刀漠視，韓復齊等人盡皆被堵住了嘴巴，見得自家都督親自前來阻攔，真真是羞愧難當，卻又吱吱嗚嗚著想要爭辯。

張儉面掛寒霜，冷哼了一聲道：「徐真，你好大的膽子，居然敢挾持本府司馬以及諸多將士！」

張儉此言一出，身後騎兵頓時劍拔弩張，徐真這廂也是不甘示弱，諸多營州官員卻是嚇得臉色煞白，心想著，這徐真也太不識趣，這裡乃是張儉的地界，不想低頭也得低頭，又何苦與之抗衡？

再者，徐真的手段也實在太過簡單粗暴，果真是個朝堂爭鬥的新人，居然將韓復齊當成逆賊來拘拿，不用說也知道，這韓復齊與手下軍士身上的明光甲是從哪裡來的了！

徐真聞言卻只是笑笑，稍稍抬手，讓周滄的刀柄推回三分，朝張儉故作訝異道：「大都督何出此言？這些可都是徐某在路上拿下的前朝逆賊，怎地就成了營州地方上的軍士？想必這其中該是誤會了……」

「何敢污蔑至此！這些分明都是我營州將士，奉了本都督之命前去接洽，爾豈敢狡辯，何必封了這些弟兄的口舌！」張儉威嚴震喝道。

徐真也不想第一天就撕破臉，不過這一路上實在太過憋屈，就好似隨便什麼人都能騎在他頭上拉屎屙尿，實在讓徐真心頭忿恨。

「大都督既如此一說，想來該是誤會一場了，徐某率隊而行，這些仁兄就攔截了去路，發生了些許口角，某又見他們穿著不合制的明光甲，好在手底下有人識得這是前朝之物，這才拘拿了起來，既然大都督說這是營州府軍兵，自然不會騙在下了。」

「來人，將諸位營州弟兄都放了！」

徐真一聲令下，周滄等人動手將韓復齊等人都放了回去，這韓復齊帶著三百人回到張儉這邊，卻扯開口中臭布團，保住張儉馬腿，指著徐真大罵道。

「都督可要為弟兄們做主啊！這徐真卑鄙無恥，居然陷我等於不忠不義，真真是唐人之恥也！」

張儉本想借此機會，一舉將徐真打壓下去，哪裡想到這韓復齊這等不濟事，才短短片刻就讓人全數捉拿了起來，張儉空有八百騎兵在身後，卻已然沒了用武之地。

「哼！你自己做的好事，怎可遷罪於徐都尉身上！都給我帶回去！」張儉心知今日不可能再動徐真分毫，遂依仗藉口，命騎兵們將韓復齊等人都帶回柳城。

他知曉這就是徐真的態度，彷彿是徐真在警告他張儉，徐真並非隨意拿捏之人，你韓復齊想要將我當逆賊般來捉拿，我就將你當逆賊捉拿回來。

若他張儉一味死纏，甚至於大打出手，徐真或許還好受一下，可如今張儉息事寧人，分明就是做賊心虛，且徐真已經從張儉的舉止當中看出，張儉是知曉這些明光甲的來歷的。

張儉果真與高履行一般，都是太子李治，或者司徒長孫無忌手底下的人！而且這張儉與幽州高履行，該是有著密切來往，否則絕不會如此清楚這些明光甲的由來。

徐真在短短時間之內就將其中貓膩看了個透徹，張儉卻是拱手為禮道：「一場誤會，讓徐都尉受驚了，且隨張某人入柳城去，好生安置了弟兄們，再給諸多弟兄接風洗塵！」

聽聞張儉面不改色如此這般說話，徐真心頭也是飛速思量起來，想要成功從張儉手中接過營州府的兵馬，想來並不容易，若此時撕破臉皮，就更無可能，不如先虛以委蛇罷了。

「既是如此，徐真就恭敬不如從命了！」

徐真拱手回禮，張儉自是假笑連連，諸多營州官員假惺惺一番問候，終於是帶著徐真的人馬，一同折回柳城。

第一百五十章
張儉欺壓徐真發怒

都說進山不怕虎傷人，只怕人情兩面刀，這張儉與高履行相較之下，卻又高深了三分，縱使妻弟韓復齊蒙羞於徐真之手，這位營州大都督仍舊能夠忍耐下來，將徐真本部人馬引入了柳城縣內，好生安置了下來。

徐真隨從護軍實則只有三百，皆為精通操控拋車與驚蟄雷的神火次營親兵，今番收了幽州這三百降卒，少不得要到營州判司處造冊入籍。

這些事自有張久年熟門熟路去打點，徐真也不擔心張儉會在此事上橫加阻攔，畢竟他也不可能插手地方上所有的事務。

有道是羊有跪乳之恩，鴉有反哺之情，這三百幽州遊騎與斥候，感念徐真赦免收留之恩，必定以死相報，今次得了正式名分，心頭也是雀躍之極。

這一個山頭一隻虎，惡龍難鬥地頭蛇，徐真與張儉就此結了恩怨，這位營州都督雖口口聲聲要為徐真接風洗塵，然哪裡有這等便宜之事，自是筵無好筵，徐真將一干幻術道器等都裝備起來，這才帶了凱薩赴宴。

所謂君子之交淡如水，小人之交酒肉親，宴會上諸多營州官僚自來親近，都與徐真敬酒，多做久仰姿態，徐真也是笑而不語，八面玲瓏，能言不是真君子，善處方為大丈夫，但有假意結交者，都一概承了下來。

正是一鶴不棲雙木，一事不煩二主，既接風宴熱熱鬧鬧，徐真也就趁勢而為，見諸多官僚假意奉承，遂端了酒杯敬張儉道：「張都督，徐某初到營州寶地，人生地不熟，今後還要仰仗都督關照，所謂擇日不如撞日，都督可否將此交割文書用了印，小弟也要到軍中赴任了去。」

張儉心頭冷笑，這徐真果然是心急了，並不想在柳城多做逗留，想是手中無兵，也就沒了底氣。

徐真本只是希望借助諸多官僚的輿論力量，在眾人見證之下，逼這張儉交割了軍權，只要他能得到營州府的兵馬，就無需懼怕張儉從中作祟了。

可讓他沒想到的是，張儉乾脆爽快地就用了印，將印信交割給了自己！

且說這折衝府分佈各地，隨時置廢，是故全國府數增減不恆，較多時為六百三十餘府，聖上為求居中馭外，軍府大部分集中設置於關中，其次為河東、河南，南方軍府則很少。

諸府大都因所在地立名，每個府的管轄區域別有規定，稱為「地團」，大小不等，折衝府和地方長官刺史並無統屬關係，然設置都督的州，都督多兼任州刺史，對折衝府覺有約束監督之權力，這也是為了徐真需要張儉用印之緣由了。

張儉如此張手，實在讓徐真有些出於意料，為了預防張儉幕後有小動作，徐真也不敢在柳城停留太久，整頓了兩日，將那三百幽州遊騎兵都歸入到親兵營之中，徐真又有朝廷兵部所頒魚書，遂領著六百護軍與諸多輜重，趕赴所在地團去了。

這魚書也就是魚符和敕書，地團的兵士不能隨便遷徙出界；平時務農，農閒練武，有戰事才出征，出兵征防調遣時必須持兵部所下魚符，經州刺史和折衝府都尉勘合後，才得發兵，待得戰後則兵散於府，將歸於朝，如此一來將帥也就不能擁兵自重了。

營州屬河北道，方圓有魏、孟、懷、博、相州等大小州郡，徐真被任命為營州府都尉，地團固然在營州之中，然營州也就一個柳城郡，人口眾多，招募區區一千二百府兵，對於營州並非什麼難事。

此時徐真隨行護軍已然達到六百人，這可就相當於半個折衝府軍力了，任誰都要忌憚，若非徐真受聖上青睞，單憑這六百護軍，就足以讓人找到由頭，彈劾徐真有謀反之嫌了。

營州府大營位於柳城外五十里，周邊數十個鄉村小鎮，鄉民富足，安居樂業，只不過聖人御駕親征遼東的消息傳來之後，這裡也開始變得躁動起來，當發現徐真的隊伍進入地團之後，鄉民們紛紛駐足圍觀，儼然被徐真本部人馬的軍威給震懾了一番。

左黯與寶珠領命開路，帶了十餘騎兵到衙門通報，此時折衝府軍衙卻門可羅雀，兩個昏昏欲睡的民兵冒充守衛，抱著一根竹槍打著瞌睡，見得鮮衣怒馬的左黯等騎兵，慌忙滾進衙門去通報。

不多時，衙門裡快步走出一人來，只見得此人面白無鬚，堂堂八尺，一襲白衣與薛仁貴氣度相近，孔武高大，英氣逼人，又不失儒雅，正是吐谷渾之戰後就被朝廷遷過來營州府的謝安廷。

左黯與寶珠不知謝安廷乃徐真舊部，只通報說營州府都尉徐真赴任，即將抵達，望折衝府衙門諸人前去迎接。

謝安廷心頭大喜，連忙叫那門衛進去喚人，不多時又走出一人來，雖不及謝安廷颯爽，卻也蓄了一部虎鬚，頗有猛將姿態，可不是薛大義麼！

薛大義聽說自家主公親臨，慌忙與謝安廷牽來戰馬，欲與左黯、寶珠一同去恭迎徐真。

左黯和寶珠面色驚訝，又不好直言，二人畢竟純真，終究還是問道：「偌大個軍府衙門，就二位兄長去迎我家都尉？」

謝安廷和薛大義相視苦笑，也不知該如何回答左黯二人，倒是寶珠機靈，捅了捅左黯，忙與謝薛二人策馬而出。

徐真見得舊部猛將來迎，心頭自是大喜，周滄與張久年等人又是過命交情，一時間熱熱鬧鬧，好一番感慨，謝安廷與薛仁貴見對方都是一襲白衣，氣度乃至於外貌都有相似，頓時英雄相惜，連忙將諸人都接入軍府衙門，又將六百護軍安頓在軍營之中，這才回到衙門與徐真敘舊。

徐真見得這府軍衙門占地廣大，然衙門之中卻清淡簡陋，又見偌大個衙門只有謝薛二人，心中自是狐疑。

謝安廷也是多有羞愧，其時他已然是營州折衝府左果毅都尉，而薛大義也成為了別將，手底下的弟兄也都成為府下軍團的校尉和旅帥、隊正隊副，再不濟也是火長。

這大唐每府設置折衝都尉一人，左右果毅都尉各一人，別將、長史、兵曹參軍各一人，三百人為團，團有校尉和旅帥等小頭目，可以說徐真舊部已然操控著營州折衝府的人馬了。

然而此時偌大府軍衙門之中，就只剩下謝安廷和薛大義，再聯想到張儉如此爽快就放行，徐真已然猜出了個端倪來。

「可是張儉壓迫所致？」徐真見謝安廷垂頭不語，皺眉問道。

謝安廷輕嘆一聲，憤憤地答道：「這張儉也是欺人太甚！早先高句麗侵犯遼西，在遼水邊上四處掠奪，我等弟兄四面出擊，打了個落花流水，然張儉怕掀起爭端，偏偏要講和，就派了都尉陳討文與右果毅都尉過遼水，卻被高句麗賊人給扣了下來！」

「我等求戰，張儉卻只推說要等朝廷發話，遲遲不見動作，待官文下來，知曉主公接任了都尉，那些個陳討文的親信到張儉那裡去哭訴，說陳討文還在敵人手中，主公卻來這裡鵲巢鳩佔，便群起主動辭離了衙門，張儉還將胤宗和高賀術幾個弟兄支使到契丹等部落去了……」

徐真早已受到諸位弟兄的密報，知曉秦廣落入了敵人手中，想來秦廣就是與陳討文一同為使的右果毅都尉了。

謝安廷言畢，神情難免沒落，念起還被困在遼水對岸的秦廣，不由心塞。

薛大義又說：「這張儉有意拿捏壓迫，暗中讓地團鄉縣斷了供養，軍府衙門的人也就辭了個乾淨……」

薛大義越說越小聲，徐真卻是拍案而起，勃然大怒道：「好他個張儉！大敵當前，居然還要弄手腕，苦了我軍將士！」

凱薩等都深諳徐真脾性，何時見過徐真發動這等怒氣，不過轉念一想，也由不得徐真不怒。

朝廷決意對高句麗用兵，這營州就是先鋒，徐真被任命為營州折衝府都尉，正是為了探路與偵察，然而剛剛赴任，就落入了無兵將可用，無糧草可使的窘境，又讓他如何不怒？

平復了一下心情之後，徐真當即取出魚書來，交付給謝安廷道：「且拿我魚書，與張儉勘合對照，我要招募府兵，殺過對岸，逼迫高句麗放人！」

謝安廷與薛大義心頭大喜，他們冬季才練過兵，陳討文不太稱職，練兵之事都交與謝薛等老弟兄，如今若是召集府兵，自然是一呼百應的了！

謝安廷欣然領命而去，徐真等人自顧安歇，一路上車馬勞頓，也該是緩和一番，然而謝安廷很快就返回來，一臉慍怒。

原來這張儉竟以茲事體大，不得不請示朝廷為由，拒絕出兵，謝安廷又催促衙門用度，張儉只推說著人手親自送過來，可鬼知道他要拖延到何時。

徐真所帶領六百護軍一天消耗可是相當驚人，又有良馬數百需要伺候，地方上不提供軍資用度，憑藉徐真所帶輜重糧草，根本支撐不過五天！

徐真勃然拍案大罵道：「張儉豎子，安敢欺辱至此！」

然事已至此，張儉乃營州都督，徐真早知事情不得善了，發了一通火也就平息了下來，諸人好生商議解決之法。

一干人都是些武夫莽將，又不熟悉地方公務，哪裡有甚麼法子，好在還有個張久年在籌謀，當即獻上計策道。

「主公勿憂，這糧草用度之時，甚好解決，可如此如此這般……」

徐真聞言，頓時大喜，忙讓謝安廷將地團的縣官與諸多鄉紳士族，全數召喚到軍府衙門來議事。

第一百五十一章

衙門做戲徐真募兵

且說徐真到了營州折衝府地團赴任，張儉卻伺機報復，明裡暗裡拿捏打壓，既將府軍衙門搞得清淡淒冷，又斷了府軍衙門的駐軍用度，還駁回了徐真招募府兵，對高句麗用兵，震懾以援救使者的提議，徐真自是怒氣衝天。

打從進入幽州之後，徐真就不斷受到排擠，可見東宮李治與長孫無忌對基層軍政的把持程度，可越發如此，就越是激起徐真的尊嚴與鬥志，勢必要將李治身邊的奸佞之人全數掃蕩清除！

一番商議之後，張久年也是拿出可行之策，命謝安廷將地團長官與鄉紳士族代表，全數請入了府軍衙門之中。

徐真自坐衙門堂上，左右分列諸位猛將，有俊若西涼馬超的薛仁貴，又有勇武似東漢典韋的周滄，更有冰冷美豔的凱薩，張素靈與左黯、寶珠，甚至連苟仁武等一干隨從都不曾避諱。

地方縣長與諸多鄉紳士族哪裡見過如此多的青年才俊，當即被好生震懾了一番，再看新任營州折衝府都尉、忠武將軍徐真，身長肩寬，面容清秀英俊，年輕氣旺，又蓄了個瀟灑的一字鬍，眼中卻偶爾閃現出不怒自威的光芒來，端的是堂堂好兒郎！

徐真也不囉嗦，寒暄一番之後，即言歸正傳，正色道：「諸位長官與鄉老，某也不假意相瞞，當今聖上已經決意御駕親征遼東，不日將發動六軍，地方上也要開始招募，本將軍有幸成為先鋒，準備開始招募本郡熱血兒郎，是故與諸多鄉親知會一聲。」

徐真此言一出，堂上頓時騷動起來，諸人紛紛交頭接耳，竊竊議論著。

雖然大唐即將對遼東用兵的消息，早早就傳說了出來，然鄉郡之地，又怎可能得到確切的情報，難怪這徐真如此威武，架勢魄力非比尋常，原來是聖人欽點的先鋒將軍！

這些人早在前兩日就知道徐真要來，又得了上官的暗中指使，要對這位新任都尉來些陽奉陰違的勾當，地團的人民質樸，素來愛戴軍官，奈何上頭的人也惹不起，如今不得不硬著頭皮，思慮著如何給徐真製造一些麻煩。

柳城郡土地肥沃，產出甚豐，鄉民也都安逸慣了，如今要開始打仗，哪家哪戶願意將自家兒郎推上戰場？

念及此處，諸人頓時靜默，面露難色，各自用目光來往溝通，終於是推舉了柳城縣令萬伊來答話。

這萬伊撚了撚鬍鬚，斟酌了一下措辭，這才朝徐真行禮道：「徐將軍明鑒，本縣確有募兵之責，然則彼時春耕剛過，正是農忙之時，前番我等已然向刺史府聯名請願，本縣子弟可得減免，還望徐將軍明察……」

徐真眉頭一皺，故作慍怒道：「保家守土乃每個唐人之責，何敢貪生怕死，推辭減免！若人人如此，縣郡都去請願，還有何人保衛我國土家園？」

徐真早已養出一身尊威，此時故意散發出來，這些個鄉閭小貴又豈能承受，見得徐真發怒，諸多鄉紳士族慌忙離席，不敢再安坐，口中卻兀自辯解。

「將軍息怒……本郡人口本就不足……若抽盡男丁，縱使打贏了戰鬥，也落得個十室九空，實在是有苦難言啊……」萬伊對柳城郡的形勢自然知根知柢，莫說一府區區一千二百兵，就算三千兵馬都湊得出來。

可早兩日他府上來了個大人物，對他許諾，若在這件事上帶領諸多鄉紳抵抗，就將他調入刺史府，這可是天大的好買賣。

而且來人行不改名坐不改姓，乃營州府司馬韓復齊是也，這韓司馬可是大都督的妻弟，說不上一言九鼎，起碼也不會言而無信，只要做成了這樁事，他萬伊就能夠攀上這棵樹，從此平步青雲不在話下了。

也正因此，他才敢如此欺瞞剛剛赴任的折衝府都尉、堂堂忠武將軍徐真，並暗許諸多鄉紳與其一同逢場作戲。

沒想到這忠武將軍也是個沒眼力的人，聽了萬伊的辯解之後，居然輕易就信了。

「萬明府愛民如子，徐真又豈有不知，某一路走來，見得柳城郡四處蔥蔥，又豈忍看著家士遭遇軍火塗炭？只是軍職在身，不得不為啊……爾等也不需再分辨，本將軍心意已決，若有不從，當以國法處治！諸位且回吧！」

徐真故作嘆息，又擺手將諸人趕了出去。

萬伊與諸多鄉紳士族首領鬱鬱出了軍衙門，卻又聚攏起來，商議起對策來。

或有縣丞趙元楷深諳官場準則，只是笑而不語，頗有一番玩味，萬伊看不過，就皺眉道：「元楷賢弟似乎心有計量，不如說出來，也好教我等有個眉目如何？」

趙元楷冷哼一聲，這才說道：「諸位也是心切則亂，連這等小把戲都看不通透，這徐真將軍分明只是想撈點油水，若真要募兵，早拿出印信來，又何必惺惺作態？這新官上任，諸位沒得孝敬，他自然要燒上三把火頭來了。」

諸多聞言，恍然大悟，原來徐真本已並非募兵，不過是藉口勒索一番罷了！

萬伊見諸人信服，心頭不悅，遂就勢道：「既然元楷賢弟胸有成竹，不如就由賢弟打探一下這位新任將軍的胃口如何？」

趙元楷不以為意，哈哈一笑道：「敢不從命！」

諸人見得趙元楷徑直再入軍衙，背影灑脫，不由心頭敬佩，萬伊心中頗不是滋味，卻又無可奈何，只想著過不得多久，榮升之後，定要好生鎮壓一下這個縣丞。

趙元楷也是有眼力的人，知曉自己人輕言微，輕易見不到徐真，給衙門的衛士塞了大錢，那衛士掂量一番，也就進去通傳，不多時就出來，將趙元楷領到了衙後的一間偏房來。

張久年正在煮茶，見趙元楷來，也不倨傲，以平輩相見，又寒暄了一番，說道履歷，二人竟是同年的科考同學，談起文事，興致勃然，頓時親近了不少。

趙元楷善於察言觀色，言語之中又隱晦地問起徐真嗜好種種，張久年心道魚兒終於要上鉤，也就假意不覺，透露了些許，趙元楷心頭暗喜，臨走時又將身上一塊玉佩奉上，張久年推辭了一番，逢場作戲也就收下了。

萬伊等人在外頭等候，見時日還長，就到郡城酒樓之中小酌以待，期期艾艾終於將趙元楷給等了回來。

見得趙元楷果是不負眾望，諸人也是心頭大定，一番商議之下，就湊了重禮，仍舊由趙元楷送入衙門。

徐真還在府中與謝安廷等人敘舊，又將薛仁貴等一干弟兄召集起來，商議過河救人的方案，卻見得張久年快步走來，身後跟著幾個漢子，挑了好幾擔禮物，綾羅綢緞和珠玉寶石琳琅滿目，這柳城郡果真是富庶之地不假。

徐真對待兄弟從不吝惜，將諸多禮物都分發了下去，人人有份，一如寶珠丫頭和左黯幾個小人兒，收了這等禮物，莫提有多欣喜。

翌日，徐真再次召集萬伊等人來商議，諸人心頭也是忐忑，不知這番出手是否能夠餵飽這位新任將軍，待得徐真開口，諸人頓時鬆了一口氣，更是將趙元楷視為功臣。

「昨日散會之後，本將軍召喚了一些鄉親來諮詢，瞭解鄉郡實情，諸君果真沒有隱瞞，本將軍雖初來乍到，可也不能將諸多鄉親兒郎往死地裡趕，是故與幕僚商議了一番，今日就將這事定下來。」

「本將軍手下有六百護軍，個個都是身經百戰的精兵悍卒，權且入了府軍來湊數，如此則可大大減免郡中募兵，諸位可回去好生宣揚，也不強求，只替本將軍招募四百自願從軍的熱血兒郎，湊足了千人之數，想來也是足以應付局面了。」

徐真一副憂國憂民的姿態，諸人又豈敢不捧場，當即齊讚徐真之恩德，又頌揚徐真愛民之仁，心裡也是狂喜不已。

徐真抬起手來壓了壓，諸君頓時安靜下來，卻聽徐真說道。

「這募兵之事也算是圓滿解決，然我這六百護軍入了府兵軍籍，該就地入戶，閒時墾荒，冬季練兵，這事還需萬明府做主才是，而且嘛……這一千人吃喝用度，於情於理，都該攤派到郡縣地方，不知各位可有異議？」

萬伊聞言，頓時眉頭一皺，他受了韓復齊的囑託，阻礙徐真募兵之事，如今只出四百人，也算是小小的成就，可他明知徐真與刺史府有恩怨，又怎能替徐真養兵？

然而以趙元楷為首的一干鄉紳士族卻欣然應允，這一府之兵共計一千二百人，如今只需招募志願兵四百人，足足剩下八百人的名額來，這八百人的名額，可足夠他們做出很大的文章來了。

郡縣與州府財政本就有支援折衝府軍事的職責，就算萬伊想要從中作梗，也是無能為力。

此事既如此定了下來，徐真也就命張久年書寫了文書佈告，張榜公示，柳城郡一時間無人不稱頌徐真之高義與仁愛。

如此一來，徐真非但解決了超額的護軍，還不需耗費自家半顆糧食，就有人替自己蓄養軍士，也算是圓滿完成了這件事情。

而招募來的那四百府兵，個個都是為國為民的忠義戰士，心甘情願為國捐軀，戰鬥力自然不可比擬。

如今手握一千精兵，徐真終於有了底氣，一邊命周滄等人辛苦練兵，一邊卻商議著過河營救秦廣的計畫！

第一百五十二章

寒竹滲入徐真涉險

營州司馬韓復齊府中，萬伊低垂著頭，身子兀自輕輕顫抖著，心頭戰戰兢兢，待得韓復齊摔碎了第四個彩陶，這才在韓復齊的咒罵聲中滾了出來。

「該死的趙元楷！」萬伊憤憤地詛咒一句，這才揉了揉還帶著鞋印子的肥屁股，一瘸一拐走出了韓府。

這才剛剛出門，卻見得一男一女往韓府這邊過來，男人看著該有四十出頭，白底黑衫，頗有儒雅之氣，女子一襲勁裝，雖頭戴面紗，卻難掩豐腴體態，一雙修長直腿更是讓人血脈噴張。

男人投了名帖，那執事也不敢怠慢，小跑著入了府，才過得片刻，就見得韓復齊滿面春風，居然大開正門來恭迎！

萬伊心頭驚詫，不由多看了那男人一眼，將那男人的模樣都記憶了下來，這才不甘心地回郡城去了。

從正門光明磊落入韓復齊府邸的，不是別人，正是微服而行的東宮新貴，太子洗馬、朝議大夫崔寒竹是也！

韓復齊乃張儉心腹，張儉乃長孫無忌的老門生，多少沾染了長孫無忌的心機算計，曉得李治剛剛入主東宮，行事需謹小慎微，是故不敢在都督府中接見慕容寒竹，這才讓韓復齊好生招待。

慕容寒竹乃前朝天才，年少聞達，而後隨光化公主入了吐谷渾，這才銷聲匿跡，然其見慣了王宮貴胄，為人有多有毒謀，雖面容平淡，卻讓韓復齊這等武夫覺著高深莫測，頓時奉為上賓。

上官沐兒乃幽州刺史高履行安插慕容寒竹身邊的貼身死士，然一路走來卻早已被慕容寒竹所折服，與其說是高履行的諜子，還不如說是慕容寒竹的女侍。

慕容寒竹習慣了清苦，大抵因著奢靡欲求會使人蒙蔽迷障，輕裝簡行而來，當即問起徐真在營州之所為。

韓復齊心有憤慨，當即述說了一遍，中間難免添油加醋，無中生有，將徐真的行徑斥為不堪一文，慕容寒竹只是淡笑著傾聽，也不打斷，待韓復齊說完，才問了幾個關鍵問題，也就作罷了。

過得小半個時辰，張儉一身常服，從韓府後門進來，慕容寒竹與之見禮，又將李治和長孫無忌的密信交托給張儉，又換了宴席，歡坐一堂。

慕容寒竹掃了在旁伺候的女婢一眼，韓復齊會意，將諸多閒雜人等盡皆摒退，慕容寒竹才緩緩開口道。

「張營州，以某之愚見，這徐真得不到魚書勘合，必定會擅作主張，以奇兵深入，過河救人，此時關乎兩國爭端，都督又有制約折衝府的職權，可適時檢舉監督，必能捏住徐真之把柄！」

韓復齊聞言，心頭不由凜然，這徐真乃年不過三十就當上了忠武將軍，竟然會為了一個舊部而親身涉險，不惜偷偷渡河去救人？

他不由想起周滄等人的兇猛，想起徐真身邊猛將如雲，如此一想，也就坦然了許多。

張儉卻是心思複雜，從密信上來看，長孫無忌是想害徐真之性命，而太子殿下懷柔，卻只是想將徐真挽救爭取，只要拿捏住徐真的把柄，就能夠使其屈服，納為己用。

而從慕容寒竹之策略來看，這位智囊謀士，顯然更傾向於輔佐太子，而非結納長孫無忌，若果真如此，他張儉少不得要替恩公長孫無忌，好生防備慕容寒竹一番。

然而慕容寒竹對徐真頗為瞭解，他張儉也不是蠢人，從徐真這段時間的表現來看，其確有可能偷渡遼水，涉險救人！

既是如此，張儉也就吩咐韓復齊，命其派了心腹之人，時刻關注著徐真動向，只要有所異動，一定及時回報。

韓復齊欣然領命，見張儉與慕容寒竹還有私密話要談論，自己就出了府邸，讓人騎快馬將萬伊給追了回來，將監視徐真之重任，交給了這位縣令。

萬伊心頭大喜，連忙回到郡縣，好生考慮了一番，頓時計上心來，派人搜羅府中麗色婢子若干，果斷送到了徐真府上，名為伺候徐真等人，實則是暗藏間客以監視徐真動向。

今次萬伊可是下了血本，連自己的小妾文卿都派了出去，這文卿本是紅塵中一縷清泉，清倌兒出身，被萬伊贖了出來，最懂得取悅男人，套取可用資訊。

這日萬伊又來到將軍府附近酒樓，不多時就見得文卿匆匆而來，二人私藏於酒樓雅間之中，談論起徐真的情況來。

「我的好娘子，可曾探聽得些許消息？」

萬伊一邊動口，一邊在文卿身上動起手來，後者眉頭一皺，與高大英俊的徐將軍相比，這萬伊矮胖老醜，簡直不忍直視，不過她最終還是忍耐了下來。

「將軍府一切照常……那些軍人也是來來往往，並無異常之處……」文卿稍稍遲疑，這才開口回稟。

萬伊是何等精明之人，又心切文卿清白，生怕徐真對文卿動了手腳，又想利用文卿美色來套取資訊，真真是與虎謀皮的勾當，此時見文卿臉色潮紅，心中醋意大發，緊緊捏了捏文卿的大腿，直視著道：「果真一點異常之處都沒有？」

文卿到底只是個縣城青樓女子，不比教坊之中那些人精，被萬伊這麼一驚嚇，頓時吞吞吐吐道：「那位……那位將軍……似乎有隱疾……」

萬伊雙眸頓時大亮，追問道：「何等隱疾？」

文卿低垂著頭，臉頰粉紅，低聲道：「他……他不能御女……」

萬伊頓時哈哈大笑，也不顧身處酒樓雅間，急忙忙將文卿推倒，也來不及寬衣解帶，匆匆上馬，一番衝撞，文卿心有不喜，剛剛被挑起興趣，那邊卻又偃旗息鼓，見著萬伊那滾圓的大腹，心中不由一陣厭惡。

一路上，文卿腦中並非萬伊那醜陋的身子，卻是受命監控的那位將軍！

在她的眼中，這位將軍英武如神將，又儒雅似書生，舉手投足之間都有股說不出的氣度與魅力，然而當她自薦枕席之時，卻慘遭拒絕，雖說她只是個縣城野人，比不得長安洛陽的佳人，可畢竟也是樓裡的頭牌，心中自是不服。

此後她又試探了數次，更是指使其他女婢前去勾搭，這徐將軍如那坐懷不亂的柳下惠一般，絲毫不受吸引，文卿不得不以女人的心思來判定，這位將軍御女不能也！

很快，徐真那話兒不行的傳聞就沸沸揚揚地傳開了，慕容寒竹聽聞這則消息，心頭不禁湧起一股疑惑和不安，然而他左思右想卻又不得其解，只能讓人繼續監控罷了。

徐真並不知曉自己已經成為了整個營州府的笑料，因為此時的他正在苟仁武和青霞子等人的帶領下，偷渡過遼水，前往高句麗人的小城，援救秦廣和那個毫無作為的前營州都尉陳討文！

徐真對苟仁武的身份早有猜測，高句麗人善射，而苟仁武箭術無雙，在大唐軍中都極為少見，能夠讓青霞子蘇元朗為之效死者，必非常人也，寶珠小丫頭的來歷也甚是可疑，只是如今還無法確定罷了。

當日諸人商議如何救人之時，苦於沒有嚮導，若從新募府兵之中挑選，又怕走漏了消息，一籌莫展之際，徐真試探性地問了一下，荀仁武遲疑片刻，又與青霞子相視一眼，最終還是承認了自己確是高句麗人士的底細。

徐真也不想過多探聽荀仁武的身份，畢竟一路走來，共過生死患難，疑人不用，用人不疑，這樣的道理徐真還是很清楚的。

隨之同行的還有寶珠丫頭和青霞子，左黯不放心，又跟著寶珠來，凱薩與周滄等人不願看著徐真冒險，自然是主動請纓，然徐真全部拒絕了。

因為他需要儘量減少動靜，免得引發別人的懷疑，再者，他也想讓周滄等人留下，配合張素靈逢場作戲。

沒錯，此時將軍府中坐鎮的，並非徐真，而是易容成徐真模樣的張素靈。

不是徐真身體不行，而是張素靈對女人不感興趣……

荀仁武等人似乎對遼東地勢極為熟悉，這也越發驗證了徐真心中猜想，一行人改換遼人裝扮，順利過了河，直往圖壤城而走。

這圖壤城乃遼東重地蓋牟城西南一座小城，原本並無駐軍，而後被諸多高句麗流寇佔據，高句麗王庭只能招安了這群流寇，寇首號為西武將軍，命人鑿木為船，鼓羊皮為筏，時常偷渡遼水，對遼西多有騷擾，越發壯大了聲勢，高句麗王庭擔憂其做大，生怕壓制不住，遂派了駐軍來把持，沒想到反被西武將軍收了軍心。

張儉也是個怕事的人，兩邊衝突摩擦不斷，唐軍這邊吃了缺少船隻的虧，每每只能固守而無法追擊，幾番損傷之後，見敵賊勢大，心裡就怯了，巴巴地派了營州折衝府都尉陳討文以及右果毅都尉秦廣去說和，沒想到卻被反扣了下來。

徐真一路跟著苟仁武和青霞子學習高句麗語[1]，他在現世就精通法語、英語等多國語言，到了大唐之後又學習唐語，而後又學習突厥語，甚至連祆教的古語都精通，語言天賦堪比天人，苟仁武和寶珠、青霞子等三人有心傳授，是故很快就掌握了基本用語。

而左黯居然毫不示弱，在語言學習的天賦上絲毫不輸徐真，亦發博得了青霞子的青睞，將一身詭異道術都傾囊以授！

遼東多叢林，多雨水，徐真等人不得不披掛雨篷和斗笠，正尋找避雨之處，卻聽得前方傳來人喊馬嘶！

註

1 高句麗語於高句麗滅亡之後衰亡，作為一種語言已不存在，與馬韓、弁韓、辰韓等古三韓的語言皆有相當大的差異。

第一百五十三章

偷渡遼東雨戰流寇

這世間紛亂，何處不是烽煙，高句麗彼時經歷內亂，泉蓋蘇文[2]殺榮留王，連誅百官，自立為大莫離支，又立榮留王侄兒高寶藏為王，實則乃挾天子以令天下，獨攬兵權國政。其人兇殘成性，窮兵黷武，對內殘酷統治鎮壓，國人不堪其苦，怨聲載道，對外積極征伐，聯合百濟，進攻新羅，挑起戰端，民間十室九空，苦不堪言。

高句麗人時有舉旗反抗，支持榮留王正統，盡皆被泉蓋蘇文殘暴鎮壓，其麾下兵士又多盜匪，借剿匪之名，四處掠奪，擾民欺壓，民不聊生。

這圖壤本是蓋牟城西南一隅淨土，因與大唐隔河而立，民眾暗中多有貿易來往，是故比其他地方要富足些許，沒想到卻被匪徒佔據，自立為西武將軍，荼毒生靈。

註

2 即淵蓋蘇文，高句麗史上最出名的人物之一，因避高祖李淵之諱，史書名為泉蓋蘇文，或錢蓋蘇文。

且說徐真等一行人冒雨潛入，卻聽得前方人喊馬嘶，慌忙躲入道旁林地，不多時就見得一群赤足流民倉惶逃死，這些個流民衣衫襤褸，拖妻帶子，其中不乏年輕女子和壯丁。

歷經匪亂，圖壤城中居民已經被搜刮乾淨，夜無餘糧，這西武將軍又打起了人口的主意來。

青壯男丁可入伍充軍，年少女子可為奴為婢，且可倒賣貿易，若能挑選一兩個姿色出眾的，更是一樁美事。

這夥流民的身後，一彪人馬約有四十餘人，身穿藤鎧，手握竹槍，放肆大笑，馬蹄踐踏，泥點四濺，也不攔截，只顧如貓耍老鼠一般追逐這股流民。

流民哭天搶地，好不淒涼，其中有一名臉頰凹陷的高瘦男子終究是忍受不住，胡亂摸了一個石塊，就要擲向身後的馬隊。

馬隊裡有個陰冷兵匪解下背後竹弓，細長筆直的竹箭刺破雨幕，噗嗤射入那男子的胸膛，後者應聲倒地，並未氣絕，其家人連忙圍過來，又是一陣哀嚎。

前方的流民只匆匆回掃一眼，充滿了麻木和無情，也不顧這落在後方的一家人，只顧往前亡命奔逃。

中箭漢子咳出血沫，很快就斷了氣，他身邊是個臉色蒼白如紙的中年婦人，帶著一個半大的小子，那小子咬牙切齒，奪過父親手中的石塊，就要前仆後繼，卻被中年婦人死死抱住，往流民方向拖扯，雨聲與叫喊聲，匪兵的邪笑聲相互交織在一處，使得徐真心頭莫名沉重，緊緊按住了刀頭！

荀仁武也是義憤填膺，將背後犀角弓都給解了下來，卻被青霞子按住了肩頭。

由於這家人的落後，到底是影響到了流民群的逃亡速度，諸多匪兵也覺得玩膩了，沒多大意思，是該收穫之時了，就衝到前面去，將所有人都攔了下來。

那個射死漢子的匪兵似乎看上了中年婦人的姿色，翻身落馬，也不顧地上泥濘，一把拖住中年婦人的頭髮，將其摜倒在地，半大小子抓了石塊就衝過來解救，卻被匪兵一腳踢飛了出去！

中年婦人往兒子方向爬著，聲線都哭喊到沙啞，那匪兵卻無動於衷，抓住婦人後背破爛的衣服，嗤啦一聲就將婦人剝了個精光，那白魚一般的蒼白身體，在冰涼的雨幕之中，充斥著一種絕望的滄美。

其他流民緊抿著嘴，一個個目光悲憤，卻再也沒人敢上前來解救，諸多匪兵紛紛下馬，開始捉拿流民群中的女人。

那匪兵見中年婦人白皙的軀體，雙眸爆發精光，將婦人抱起，後者拚命撕打，匪兵卻指著地上的小孩高聲威脅，婦人眼光頓時黯淡，嘴唇咬出血水來，終於不再掙扎，任由那匪兵將自己丟上了馬背。

匪兵冷笑連連，正要上馬離開，地上的小子卻陡然暴起，抱住匪兵的大腿，一口咬了下去！

「啊蘇啦！」

匪兵破空大罵，大腿飛去，將小孩重重甩飛出去，怒而抽刀，眼看就要將這半大小子給當場砍死！

「嗖嗖嗖！」

破空之聲如毒蛇出洞一般輕微，那名舉刀的匪兵額頭上多了一柄飛刀，那飛刀直沒入刀柄，嵌入頭骨之中，竟然沒有一絲鮮血溢出來。

一支白羽猝然而至，射入匪兵左胸，正中心臟，強大的箭勢竟然將匪兵往後帶飛了出去！

出手的自然是怒不可遏的徐真與荀仁武！

雖然他們的人數少了一些，但一個個可都是頂尖高手，徐真率先從林中疾行而出，雙手往腰間一摸，四五柄飛刀在手，左右齊發，那些個匪兵剛剛警覺起來，已經倒下了三個。

荀仁武正要拉弓勁射，對面密林之中卻突然射出密集的箭雨來，每一支長箭都沒有落空，眨眼之間居然放倒了十來名匪兵。

隨著箭雨的掩護，一群頭戴遮雨斗笠的悍徒洶湧而出，他們身上並無甲衣，裝束與流民無疑，然雙眸之中卻多了一種東西，那是憤怒，那是不屈！

他們手中端著竹槍，也有揮舞著菜刀和鐮刀的，為首者卻是一名女子，身長窈窕，健美豐滿，破爛的衣物遮擋不住她那白玉一般的肌膚，前後曲線畢露無遺，她的手中握著一柄橫刀，該是前隋大將所用，寒芒四射，率先殺入匪兵群中！

「怎麼可能！怎麼可能是她！」

苟仁武心頭掀起驚濤駭浪，青霞子和左黯、寶珠已然隨著徐真殺了出去，他躲在林中射箭掩護，可當他看清楚女子真容之後，毫不猶豫衝了出去！

他一邊疾行一邊連珠發射，沿途匪兵無不應聲倒地。

徐真丟完飛刀之後，抽出狹長刀鋒，如猛虎下山衝入匪群之中，長刀所過之處，鮮血當空噴灑，左衝右突，如入無人之境，很快就吸引了諸多匪兵的注意，紛紛圍攻了過來！

因為需要潛伏，徐真並未帶紅甲，仗著一柄長刀瘋狂屠戮，流民所受欺辱的畫面在他腦中不斷重現，他的雙眸充滿了憤怒的烈火！

這些匪兵只有藤鎧護身，哪裡能抵擋得住徐真手中鋒刃，奈何人數眾多，苟仁武的注意力全放在了那神秘女子身上，稍有失神，三名匪兵頓時朝徐真撲殺了過來。

徐真劈翻一名匪兵，雙手反握長刀，用盡全力將匪兵釘在了地面上，後背卻露出空當來，一根竹箭呼嘯而來，徐真警兆大生，揮刀打掉竹箭，左側匪兵的竹槍卻悄無聲息刺了過來。

「小心！」

苟仁武大聲示警，彎弓搭箭一氣呵成，正要鬆開弓弦，卻被一名突然竄出來的匪兵撲倒在地。

徐真聽到示警已然來不及躲閃，慌忙猛提一口氣，七聖刀秘法施展出來，後背肌肉一陣蠕動，打算硬捱這一槍。

「噗嗤！」

皮肉被刺破的沉悶聲音響起，徐真眼睜睜看著那名偷襲的匪兵應聲倒地，後背倒插著一柄隋將常用的橫刀。

這柄橫刀鋒刃狹長，刀身微微彎曲，如美人的腰身一般，盡顯流線之美，刀柄纏繞絲線，刀盤還點綴寶石，真真是一柄難得的寶刀。

一隻雪白玉手握住了刀柄，徐真沿著那手掌慢慢看去，見得這位高句麗流民中的女俠人物。

「謝謝！」

徐真用稍顯生硬的高句麗語道謝，那女子卻只是冷哼一聲，似乎對徐真充滿了敵意，徐真心頭疑惑，不知自己如何得罪了對方，也來不及相問，剛剛起身，卻見得女子背後衝過來一名匪兵，手中大刀高高舉著，猛然劈向女子後背。

「小心！」

女子聽聞警告已然來不及，情急之下徐真暴起，一抄女子腰身，將其抱住，二人胸膛相貼，徐真猛擰腰身，帶著女子旋轉半圈，長刀自腰間往後伸出，將那匪兵穿腹而過。

徐真一擊得手，長長鬆了一口氣，此時才感受到女子胸前溫熱柔軟如脂球似雲團，下意識低頭一看，頓時被女子那完美的溝壑所驚豔，呼吸難免一滯。

正心猿意馬之際，女子卻一巴掌搧過來，徐真左臉頓時火辣辣地疼。

一把將徐真推倒於地，女子轉身離去，似乎將對徐真的怒氣都撒到了這些個匪兵身上，一時間如發怒的母豹，無人能擋。

徐真驚愕於地，看著女子那曼妙健美的身姿，頓時心旌搖曳，久久才定下神來，又再次殺入匪兵之中。

苟仁武被突如其來的匪兵撲倒在地，也不慌張，抓住箭桿，猛然往後一刺，箭簇扎入偷襲者的肩頭，苟仁武反身掙脫，用犀角弓的弓弦勒住匪兵的脖頸，猛然一絞，那匪兵頓時人頭落地，傷口平整，讓人心驚！

四十餘匪兵遭遇突襲，徐真這邊人人如龍，女子所帶領的流民反抗隊伍也是兇狠悍勇，這才短短功夫，匪兵已經被殺得只剩三四人。

那匪兵知曉自己作惡多端，若落入六名反抗軍之手，必定死無葬身之地，由是臨死反撲，卻被苟仁武一通連環箭，一個個射倒在地。

流民反抗軍這邊也多有傷亡，然而每個人臉上卻不見悲傷，只有殺死了這些匪兵之後的欣喜和興奮。

「我們贏了！我們贏了！」

一名流民高聲大呼著，其他人高舉手中不像樣的竹木武器，歡呼聲似乎將雨幕都驅散開來。

徐真脫下身上的袍子，將那位差點被擄走的中年婦人包裹起來，後者雙眼無神，發白的嘴唇猶自翕動，身子不停顫抖，顯然被這場殺戮給嚇住了。

那個半大小子大難不死，捂住胸膛跑過來，撞撞跌跌撲入母親懷中，那婦人才哇一聲哭了出來。

見得母親無礙，半大小子連忙朝徐真跪下磕頭，徐真將他扶起，下意識朝他豎了個大拇指，那小子不明所以，但能感受到徐真的讚揚和勉勵，也同樣朝徐真豎起大拇指，徐真淡然一笑，摸了摸小子的頭。

周圍的流民反抗軍還在收拾殘局，對受傷的匪兵補刀，動作熟練而堅決，沒有任何猶豫，那女子偷偷看了徐真這邊一眼，看到半大小子和中年婦人眼中的感激，反感地扭過頭去。

此時她才發現，自己身前站了三個人，當她看到苟仁武的面孔之時，忍不住落下了眼淚，而寶珠則撲入女子懷中，用高句麗語說著什麼，激動得語無倫次！

第一百五十四章

郡王郡主句麗餘忠

徐真見得荀仁武三人居然與這流民反抗軍女子相識，心頭頗為驚奇，這三人兀自竊竊交談著，臉色激動，徐真再看女子與荀仁武相認，頗有無可奈何花落去，似曾相識燕歸來的情意，心裡竟不覺有些酸楚。

這女子雖身處流民之中，卻難以掩蓋一股華貴而倔強的氣度，顯然有著神秘的身世，雨水淒淒，諸人也不及多談，將匪兵剝了個乾淨，所有戰利品一律放上馬背，又收留了這一股流民，往圖壤城西北方轉移。

一路上盡在雨林之中穿梭，腳下泥濘，流民衣衫單薄，雨水又冰冷，老弱相攙，苦不堪言，兜兜轉轉好半天，這才來到一座山寨，兩側暗哨跳出幾個精幹陰鷙的瘦漢子，辨認了一番，慌忙將人都接入山寨之中。

這山寨用木柵圍起來，偌大寨子裡遍佈竹木屋和茅草房，道路泥濘髒汙，就算被大雨不斷沖刷，仍舊瀰散著一股便溺的氣味。

聽聞馬蹄聲，茅草房中頓時鑽出一張張泛黃的臉，孩兒們面黃肌瘦，就只剩下一對眸子閃亮閃亮，實在讓人看著於心不忍。

女子揮了揮手，手下吩咐起來，茅草房中的壯漢開始洶湧而出，將馬背上的戰利品全部收集起來，再一一分配下去，力求每家每戶都有所得。山寨中的人們對女子顯然有種格外的崇敬，女子所過之處，人們無不俯首禮讓，更有甚至不顧地面髒汙，納頭便拜。

女子此時才顯出一絲暖意來，帶著雍容的笑意一一回應，將苟仁武與徐真等人領到了山寨最高處的一座木樓之中，那中年婦人帶著兒子，也跟了上來，似乎那群新流民見徐真對母子多有關照，派了母子二人權當代表，感謝山寨收留之恩。

入了木樓，諸人才脫下雨篷和斗笠，但見一樓大堂擺設簡單，堂上掛著二字卻是漢字，蒼勁有力，揮灑自如，筆鋒帶著濃郁的悲憤與不屈，卻是「餘忠」二字。

見得這兩個字，徐真已然對女子與苟仁武的身份更加確定，苟仁武則正式向徐真介紹道：「將軍，這位是……是高句麗榮留聖王嫡親敏恩郡主高惠甄……」

高惠甄微微昂起頭來，等待徐真的見禮，徐真卻只是微微拱手，帶著笑意道：「大唐徐真。」

徐真此行秘密潛入高句麗，是為了營救秦廣，有鑒於高句麗國情不明，他自然不會輕易洩露自己的軍方身份。高惠甄見徐真如此淡然，難免有些訝異，苟仁武見二人有些僵持，只是訕笑以對，也不敢洩露徐真身份。

徐真卻有些不悅，用唐語對苟仁武說道：「仁武兄想來也姓高吧？對徐某人可是一番欺瞞啊……」

苟仁武苦笑，抱歉道：「某確實姓高，榮留王高建武乃某之王兄……高某並非有意欺瞞，彼時流亡大唐，本欲尋求復國助力，沒想到卻淪落至此，又被幽州長史高狄所囚，實屬無奈……」

徐真終於驗證了自己的猜測，但他一點都開心不起來，一路走來，他已然將高仁武當兄弟一般對待，可如今看來，高仁武乃高句麗王族，未必沒有想要借助自己力量回國復辟的意圖。兄弟之間一旦有了功利性，情義自然難免受影響，徐真心裡不是滋味，高仁武也多有愧色。

山寨物資緊缺，也沒什麼好招待，高惠甄命人奉上一種米糊，權當茗粥來喝，高仁武和寶珠幾個甘之如飴，徐真卻沒甚麼胃口。

又坐了一會，徐真正想向高惠甄打探一下圖壞城的情況，門外卻一陣騷動，一群人吵吵鬧鬧就進了餘忠堂，為首者面皮白淨，小眼睛，高顴骨，薄嘴唇，目光陰鷙，隨行數人，一臉兇悍，身後還跟著山寨中的居民，氣勢洶洶。

此人顯然地位不低，其他人都朝高惠甄下跪行禮，唯獨他傲然而立，頗為睥睨，似乎在質問高惠甄，語速太快，以徐真的高句麗語水準，也聽得不甚明白，只斷斷續續聽到「唐人」、「叛逆」等字眼，連蒙帶猜，估計是自己唐人的身份要帶來麻煩了。

這人身上披掛古舊的鎧甲，胸甲上還刻著一個紋章，腰間挎著一柄古刀，與其他人的裝束截然不同，與高惠甄針鋒相對地辯爭，隱約有奪權的姿態。

高惠甄雖然對徐真沒什麼好感，但自己的尊威受到挑釁，若是以前，也只能忍氣吞聲，但現在高仁武歸來，自己有了依靠，也就不必再受欺負了。

果不其然，高仁武眉頭一皺，頓時上前來，厲聲呵斥道。

「乙支家的小子，請注意你的言行！」

他並不認識眼前這個年輕人，但卻認得其胸鎧上的紋章，那是高句麗名將乙支文德一族的家徽。乙支納威繼承家族爵位，深感榮耀，家中先輩曾位居高句麗大對盧，顯貴一時，因泉蓋蘇文屠殺百官，乙支家族誓死盡忠，將高惠甄等一眾王族後裔救了出來，一路遭遇追殺，死傷殆盡，也就只剩下敏恩郡主高惠甄一人。

他一直迷戀著高惠甄，原本還忌憚於臣子的身份，暗自克制，然這座山寨都是他一手所建立，手下諸多兵將都是他四處搜羅集結，流民也是他收容下來，莫看這山寨簡陋破殘，周邊卻遍植農作物，勉強能夠讓山寨的人們支撐下去，加上反抗軍四處襲殺官軍，收穫也不小，勢力得以慢慢發展壯大起來。

乙支納威深得人心，慢慢變得倨傲自大，部眾稍有不從動輒就重罰，流民若有怨言就斷了食物分配，恩威並施之下，整個山寨也不敢拂逆其意。越是如此，他對高惠甄就越發的放肆，甚至曾經想過強佔高惠甄，奪了王族的名分，再拉攏壯大反抗軍，做出一番大事來。

故而當他收到消息，知曉高惠甄帶回來一個唐人，他連忙趕到了餘忠堂來。

乙支文德將軍乃是高句麗史上抗擊大隋的民族英雄，這也是乙支家族最引以為傲的地方，無論是大隋還是大唐，在乙支家族眼中，遼水對岸的都是敵人，他又怎會給徐真好臉色？

聽到高仁武的呵斥，乙支納威面色頓時兇狠起來，揮手朝部下命令道：「此人膽敢冒犯本將軍，還不給我拿下！」

諸多部眾得令，齊刷刷抽出兵刃，將高仁武等人圍了起來。

高仁武面色如常，取出一柄小玉刀來，高舉在手，一聲暴喝如春雷：「誰人敢在本郡王面前放肆！」

乙支納威見了這綴滿寶石的玉刀，慌忙跪下，嘴角微微抽搐，暗自忍耐心頭怒氣，沉聲行禮道：「乙支納威拜見銀珠郡王！」

諸多部眾一聽是郡王，轟隆跪倒於地，樓外的民眾聽說是勇武善謀的銀珠郡王，紛紛拜倒於地，消息瞬間傳遍了整個山寨，人們那麻木無神的目光似乎又恢復了生機，一種熠熠光輝時有閃現，此中光輝名曰希望！

山寨中的反抗軍早已怨聲載道，明知敏恩郡主苦苦支撐，卻又懾於乙支納威的淫威，不敢反抗，如今銀珠郡王到了這裡，郡主就再也不需要擔驚受怕，再也不用以身犯險了！

高仁武畢竟是歷經朝堂爭鬥傾軋的郡王，知曉民心可用，又擔憂逼迫太急會使得掌握反抗軍的乙支納威鋌而走險，奪權生變，是故將乙支納威扶了起來，好生安撫道。

「乙支家的小子果然忠義勇武，郡主多得保全，待驅逐了逆臣賊子，乙支家的旗幟必定再次飄揚丸都城！」

乙支納威素來以家族為傲，高仁武句句擊中他心中所想，讓他不禁有些飄飄然，他本就想著挾持郡主高惠甄，以圖大事，高仁武如今正式承認他的功績，他又如何不歡喜！

徐真見得高仁武將人心玩轉得如此順暢，心中不免嘆息，只覺高仁武離自己已經越來越遠了。

既有了高仁武出面主持大局，眾人皆大歡喜，乙支納威殺了五匹戰馬，整個山寨一同歡慶銀主郡王的回歸。

戰馬雖稀罕，然圖壞多山地，戰馬馳騁不開，反抗軍也沒有成型的騎兵，故而殺了馬也不覺得有多可惜。

徐真興趣寥寥，獨自坐在火堆旁邊，高仁武與高惠甄等人則聚在一起，談論一路經歷，難免諸多唏噓。

山寨之中的流民難得歡慶，人人滿口流油的咀嚼著馬肉，無論男女老少都喜笑顏開，又有人開始在火堆邊跳起古樸的舞蹈，歌聲婉轉而悠揚，讓人覺得似乎回到了那個平定的高句麗時期。

徐真知曉高仁武是不會再離開，青霞子和寶珠自然也會跟隨，而左黯跟寶珠兩情相悅，估計也要留在這裡，自己失去了助力，又如何援救秦廣？

「或許能夠利用這股反抗軍，將圖壞城打下來……不過……」徐真暗自思慮著，正失神之際，卻見得白日裡那個半大小子又跌跌撞撞地跑了過來，臉上都是血跡！

白天的時候徐真還特地跟他母子倆聊過，這小子名叫李承俊，中年美婦則叫金妹，本是蓋牟城中的富貴人家，遭遇叛亂才流落到民間，相依為命。

李承俊為人堅韌不屈，徐真很喜歡這小子的個性，見得他滿臉都是血，不由驚問道：「發生了什麼事！」

李承俊只是拖著徐真跑出去，一邊說著：「救！救救母親！」

徐真跟著李承俊跑出十幾步，歡慶的歌聲漸漸弱了下去，而一個女人的尖叫和哀求則撕心裂肺的傳來。

李承俊身上有傷，年紀又不大，跑著跑著就跟不上了，徐真心切金妹安危，循聲疾奔而來，見得一座小木屋虛掩著門，裡面傳來男人放肆的淫笑和女子哀求反抗的打鬥聲。

「嘭！」

徐真一腳將門板踢開，那簡陋門板腐朽不堪，被徐真踢得木屑四濺！

地面的草席之上，一名反抗軍正趴在金妹的身上，衣褲才褪了一半，金妹抵死不從，居然被這男人打得滿臉都是血，慢慢沒有了反抗之力，眼看著男人就要得逞，金妹流下了屈辱的淚水。

然而正在此時，她只聽到一聲巨響，門板四分五裂，徐真按刀而立！

第一百五十五章

惡徒相逼燧神使徒

俗語有說，不怕門外惡虎，就怕家中豺狼。金姝白日裡遭遇圖壞城匪兵，差點受辱，本以為到了這山寨之中，終於是得了救，卻哪裡知道脫了狼窩，又入了虎口。

其乃蓋牟城中富戶夫人，姿色絕佳，雍容華貴，雖已經二十七、八歲，然正是豐腴成熟之時，風姿妖嬈，這些個流民早已垂涎三尺，乙支納威平素又縱容親信，但有姿色出眾者，無一不被侮辱，諸人為求活路，只能忍辱負重。

這高句麗奴隸並無半點人權，如同牲口無異，女子更是毫無地位，山寨之中女子任由乙支納威享用，其麾下親信也多有染指，早已嘗夠了甜頭，是故見得金姝貌美，這惡徒就偷偷將金姝拖進了房來。

好在李承俊為人機靈，並未貪吃馬肉，扭頭不見了娘親，就急切著四處搜尋，聽得木屋之中有動靜，慌忙撞進來，奈何人小力弱，被這惡徒打得滿臉是血，只能出來求救於徐真。

徐真撞破這惡行，頓時怒火中燒，本以為這山寨乃是收容流民，反抗暴政的好地方，如今看來，這些反抗軍與外面那些匪兵，又有何異！

念及此處，徐真怒不可遏，抓住那惡徒的後頸，一口內息在體內遊走，手臂灌注巨力，將那瘦弱的惡徒凌空提起，奮力丟出了門外。

金姝身上還穿著徐真白日裡包裹她的袍子，見得徐真到來，如見救主，哭著撲入徐真懷中，如受驚小白羊一般顫抖著。

李承俊氣喘吁吁趕到，見母親得救，眼淚就湧了出來，母子二人抱頭痛哭，稍稍平息之後，母子二人給徐真磕頭謝恩，徐真連忙將他們扶了起來。

見得李承俊滿臉憤慨和倔強，徐真心頭一痛，從腰間抽出一柄飛刀來，塞到李承俊的手中，對這個只有十歲的小子嚴肅說道：「你已經是男子漢了，以後娘親就要你來保護，你做得到嗎？」

李承俊抹掉眉骨上的鮮血，朝徐真重重地點了點頭。

徐真正要帶母子二人出去討說法，門外卻一陣陣騷亂，那惡徒糾集了七八個人，衝入木屋之中，揮刀就砍向徐真。

這些人早看出乙支納威對徐真的憎恨，若殺了徐真，必定是大功一件，這些人都等著那惡徒糟蹋完金姝之後，自己再來第二輪，如今被徐真壞了好事，豈會輕易放過徐真。

人的忍耐是有限度的，徐真再如何忌憚乙支納威，再如何顧忌自己的援救計畫，也已經忍無可忍，長刀鏘一聲拔出來，寒芒頓時照亮木屋，那些個反抗軍手中都是一些鏽跡斑斑的老舊兵刃，哪裡能抵擋徐真的長刀！

「鐺鐺鐺！」

金鐵相擊之聲不絕於耳，徐真蠻力爆發，這七八個反抗軍手中兵刃頓時斷成兩截，論武藝，這些高句麗流民，又豈是徐真的對手，這才短短數個呼吸，七八個人已經被打得落花流水，紛紛摔出門去。

那惡徒見徐真神勇，也不敢攖其鋒芒，借助弟兄們的掩護，就繞過了徐真，想要將怒火發洩到金姝的身上。

徐真扭頭一看，見這惡徒還不死心，長刀逼退剩餘反抗軍，一腳將這惡徒踢飛出去，狠狠撞在了牆壁之上，那薄薄的木板經不住巨力，嘭嘭破開一個大洞。

那惡徒剛剛想要起身，卻見得李承俊滿臉是血站在自己身前，那眼神滿是無盡的怒火，他正要怒罵，李承俊卻如同發怒的靈猴一般撲在惡徒身上，手中飛刀不斷插入惡徒脖頸，一下，一下，再一下，直到身下惡徒再也不能開口罵人和動手行兇。

金姝見得兒子如此兇悍，連忙捂住嘴巴，眼中充滿了驚駭，卻又掩飾不住那種欣慰，她苦苦守護著的兒子，似乎在接過徐真飛刀的那一刻，長大了！

那些個反抗軍奈何不得徐真，紛紛撿起半截刀刃，將門口守住，又高聲呼喊，人群越聚越多。

高仁武和高惠甄等人聽到動靜，慌忙跑過來查看，分開人群之後，卻見到金姝衣衫不整地躲在徐真身後，而李承俊緊握著那柄飛刀，那惡徒的鮮血濺了他滿身滿臉，而他的嘴角卻掛著人畜無害的微笑！

乙支納威和山寨中的人們只看一眼就知曉事情的經過，因為這種事情實在太過平常，搭救回來的女人，哪一個不被山寨裡的兄弟輪流享用過？

連敏恩郡主高惠甄對此都是睜一隻眼閉一隻眼，這徐真只是個外人，還是高句麗的敵人，居然膽敢縱容李承俊殺人！

山寨中的男人們憤怒了！

他們紛紛拿起武器，將那木屋重重包圍了起來，而山寨的女人們見到此情此景，看著徐真提刀而立，將金姝保護在身後的英姿，她們的眼眶卻濕潤了起來。

高惠甄看著面無表情的徐真，又感受著山寨之中的變化，她的心頓時迷惑起來，此時她對徐真的好奇，多過厭惡，唐人對奴婢也一樣肆意地使用，為何徐真要如此愛護金姝？

然而她卻忘記了，這些流民並不是山寨的奴隸，在進入山寨之前，他們都是高句麗的子民，並非奴隸。

高仁武極度渴望掌控這山寨之中的反抗軍，這將成為他舉兵復辟的第一筆資本，也正因此，他才容忍了乙支納威的不敬，可眼下若他不表態，徐真縱使再勇武，或許都很難走出這座山寨了。

他的內心在掙扎，是徐真將他從幽州的地牢之中救了出來，也是徐真將他送過遼東來，他想借助大唐征遼，趁機行事，渾水摸魚，但這也不是空手套狼，手中沒有武裝力量，就算大唐將整個高句麗打爛，或許也很難再奪回王位。

高仁武在猶豫，徐真卻沒有絲毫的猶豫，他拖著長刀，一步步走出了屋外，那些個反抗軍一步步後退，盯著徐真手中的長刀，掃視著房中那些被削斷的刀頭，心頭充滿了恐慌。

「這個唐人是外來者，是燧神的仇敵，他迷惑了這對母子，讓這個孩童變成了殺人的野獸，絕不能放過他們！」

乙支納威指著徐真罵道，人窮只能望天，這些流民幾乎都信奉燧神，乙支納威知曉拿捏人心，一句話就將這些人的鬥志給激發了起來。

高仁武一看這些流民要暴動，咬了咬牙，終於站在了徐真這邊來，故作威嚴道：「這是本郡王的客人，不是燧神的仇敵，這就是我高句麗的待客之道嗎？」

左黯和寶珠幾個見高仁武發話，連忙站到徐真的身邊，鏘鋃鋃的拔出刀刃來！

乙支納威見死了一個弟兄，哪裡肯這樣放過，少不得抓了這個臭娘們，讓弟兄們折騰至死，拿了徐真，不死也要讓他脫層皮！

「銀珠郡王，你久不在故土，已經被大唐的繁華蒙蔽了眼睛，且讓吾等抓了此人，獻祭給燧神，讓燧神打開你的靈眼！」

乙支納威一呼百應，這些流民反抗軍似乎瞬間充滿了勇氣，紛紛朝徐真這邊逼近，高惠甄生怕事態失控，也是怒喝道：「他只是一個令人討厭的唐人，並非燧神的仇敵，趕走了便是。」

高惠甄不清楚徐真的真實身份，也不曉得高仁武需要借助徐真和大唐軍隊的力量，只覺得徐真不失為一個好男兒，折衷了一番，希望流民能夠放了徐真一條生路。

然而乙支納威沉迷於高惠甄，她的一舉一動都逃不過乙支納威的耳目，見高惠甄替徐真求情，乙支納威心頭怒火越發旺盛，指著徐真大罵道。

「他就是燧神的仇敵！不能放走了他！都給我拿下！」

高仁武見事態瀕臨崩潰，不由長嘆了一聲，心中盡是惋惜，若爆發衝突，他也就只能放棄這個山寨，保著高惠甄，與徐真一同殺出重圍了！

眼看著劍拔弩張一觸即發之時，徐真卻是掃視了諸人，哈哈大笑起來。

他似乎看到了世間最可笑的事情一般，看著這些愚昧的流民，他不知該欣喜，還是該憐憫，只見他停止了大笑，慢慢往前走了一步，而後低沉著聲音道。

「你們既然都信奉燧神，緣何認不得我？」

他的高句麗語還不靈光，這句話是用唐語說的，乙支納威和諸多流民不明所以，高仁武無奈搖頭，事到如今，他也只能站在徐真這邊，遂用高句麗語翻譯了一遍。

那些流民見徐真口出狂言，褻瀆神靈，更加的狂躁起來，連山寨之中一些女人，都開始反感徐真了。

高仁武也是頭皮發麻，眼看著戰鬥一觸即發，徐真居然還在這個節骨眼上火上澆油，這不就是自尋死路嗎？

然而接下來的一幕，卻成為了他高仁武，成為在場所有高句麗人，一生之中最刻骨銘心的畫面！

只見徐真將長刀倒插入地，張開雙臂，微微仰起頭，如擁抱著整個夜空，整個人都拔高起來，面容帶著一股神聖的光輝，他口中默念著古怪的咒語，而後，他的兩隻手掌之中，陡然亮起兩團火焰來。

「噗！噗！」

徐真手掌上的烈焰就這麼燃燒著，整個山寨死一般寂靜！

「如果你們真是燧神的信徒，那麼，信我，才能得超脫。」

這一次，徐真用的，是高句麗語。

「轟！」

整座山寨，跪倒一大片！

第一百五十六章

金姝謝恩徐真籌謀

但凡世間之人，若有砥礪，則妄圖逆天改命，霸道橫行，百無禁忌，窘迫無助之時卻又只能迷信偶像鬼神，藉以看到曙光，說到底只是個隨波逐流的宿命使然。

都說百招全不如一招鮮，一招鮮就吃遍天，且說諸多高句麗流民見得徐真施展召火神跡，心頭頓時恐慌，納頭便拜，紛紛匍伏於地，將徐真視做了燧神後嗣，更有甚者喃喃自語，難以自已，跣足搶地，狀若癲狂。

這山寨簡陋破殘，並無雲婉轉，霧迷茫，也無仙山遙渺遠，禪寺誦聲揚，更不見虔誠求拜神明助，人滿堂廳燭然香，只有衣衫襤褸的流民不斷叩拜著，徐真雙臂張開，如悲憫世人的神子。

那乙支納威說到底也只是個未開化的蠻夷，又年少無知，縱使再驕橫，見得徐真這一手段，也是當場震驚得無以復加，雙腿一軟就跪了下來！

若是凱薩等人在此，早已見慣不怪了也不會如此訝異，偏偏這些人都是個不開眼的山野刁民，連苟仁武和高惠甄都給嚇住了，哪裡還有人敢造次！

高惠甄並不待見徐真，如今見了這一幕，心頭對徐真又有了另一番見識。

青霞子雖精通幻術，然其幻術歸於道術一類，空手燃符之類也是玩得團團轉，然而要想像徐真這般揮灑自如地召喚出烈焰來，他自問還做不到，心頭越發震撼起來。

徐真見場面差不多能鎮住，心頭也是長長舒了一口氣，若非他未雨綢繆，大雨之後就將幻術道器全都烘乾，今夜也使不出這幻術來。

金姝母女早已對徐真感恩戴德，如今見徐真居然是神子，又恩同再造，哪裡還敢高攀，慌忙縮到牆角，反倒跟徐真生疏了起來。

徐真只是苦笑一聲，也不管這許多，穿過跪拜的人群，回到自己的木屋之中，直到他關上門來，諸人才敢起身，然而已經沒有了歡慶的心思，各自回去歇息，整個山寨很快就安靜了下來。

又過了半個時辰，轟隆一聲閃雷，又下起了惱人的雨水來，那木屋潮濕，好似壓一下木板都能壓出水來一般，徐真無心睡眠，趺坐於火堆邊上擦拭長刀，卻聽得門外一陣細碎腳步聲，彷彿能看到光腳丫子踐踏水窪一般，徐真立即警覺起來。

「誰！」

徐真眉頭一皺，還以為乙支納威等人不死心，想要對自己不利，透過門縫一看，卻見金姝冒雨立於門前，渾身濕透，臉色蒼白，嘴唇都凍得青紫，慌忙將她迎進了屋裡。

這金姝十六、七成親，如今也不過二十六、七，在古時已經算是半老徐娘，可在徐真眼中，這等年紀剛好是少婦的美好年華，孤男寡女夜處一室，難免瓜田李下，徐真本欲開著房門，奈何疾風驟雨，生怕吹滅了火堆，只好將門關了起來。

但見金姝身軀飽滿，她的衣物本就殘破不堪，衣不蔽體，得了徐真的寬大袍子遮掩，此時卻渾身濕透，豐腴曲線盡顯無遺，雨水洗刷之後，清麗不失雍容的姿色實在讓人心悸，那白皙如脂的身子散發出溫熱，蒸汽騰騰，實是誘人。

徐真不由暗自咽了咽口水，起身取了鍋子，架在火堆上燒熱水，金姝進屋之後並未言語，只是低著頭，如同等待徐真發落的女奴一般。

徐真又豈會不知其用意，這高句麗叛亂四起，兵荒馬亂，人命賤如草芥，流民更是一錢不值，既得了徐真救助，金姝自覺無以為報，深夜來此，該是以身相報了。

這高句麗人口不盛，是故民俗多尚淫，暮夜則男女群聚而為娼樂，不以為愧，民間多遊女，夫無常人，若情投意合，說是逢場作戲也無傷大雅，並無貴賤之分，開放的風俗比大草原上的「鑽帳篷」有過之而無不及。

這也是山寨中人為何對徐真如此仇恨之緣由，若金姝心甘情願，那惡徒也不至於用強，只是金姝畢竟出身貴族，不肯遭遇強迫玷污，這才拚死了反抗。

如今見得徐真救助，她又心喜徐真氣度容貌，雖自慚年歲已長，人老色衰，卻硬起了心思，來徐真這處獻身報恩。

徐真又不是坐禪修道的出家人，這金姝又是徐真最愛的熟女類型，這教他如何不動心？只是有感於金姝命途多舛，不願強人所難，挾恩求報罷了。

鍋子裡的水咕嚕嚕泡騰著，徐真取了大碗公來，倒了熱水給金姝取暖，他的高句麗語不甚熟練，只能隻言片語，斷斷續續也能勉強溝通。

這金姝喝了熱水之後，寒意盡去，想起自己的來意，羞臊難當，渾身燥熱，一抬頭，眸子之中充滿了強烈的欲望，也不再矜持，就要動手解那袍子。

徐真知曉重頭戲要來，心頭到底掙扎，怕自己把持不住，慌忙抓住金姝的手，阻止了她的動作，溫柔一笑，朝她搖了搖頭。

金姝是何等矜貴之人，雖流亡顛沛，然心中到底保持著自己的驕傲，否則也不會反抗那暴徒的侵害，今夜好不容易鼓起勇氣來獻身，卻慘遭拒絕，又想起徐真俊朗英雄的樣貌和神子的身份，不由自慚形穢，淚眼撲簌簌就滾落下來，跪坐著朝徐真重重一拜，就要衝出門去。

徐真知曉自己傷了金姝自尊，於心不忍，不由將其拉住，沒想到這一拉一扯，金姝卻趁勢將徐真撲倒在地，滾熱紅唇就這麼咬了上來。

外面風雨漸歇，木屋內卻疾風驟雨，徹夜不息。

李承俊雖然年紀不大，然四處奔逃，養成了機警的習性，本就睡得淺，聽到母親回來，忙起身開門，卻見得母親眉角帶笑，面色紅潤，一臉幸福，想著自從父親死後，母親就再未笑過，這一切皆得益於徐真，他心中越發將徐真當成偶像來崇拜。

一夜風雨，將整座山寨沖刷乾淨，早晨的陽光將山寨曬得蒸汽騰騰，很快就曬乾了地面，清風徐徐，將四周竹林的清新帶入山寨之中，沁人心脾，使人心曠神怡。

經過一夜瘋狂，徐真渾身舒泰，打開門戶，一股清風撲面而來，門外卻守候著七八個女子，見得徐真起來，慌忙過來伺候，奉上銀盆清水，給徐真洗漱，又端上白粥小菜，周到備至。

徐真需要暗藏道器，也不願被人服侍，將諸多女婢都請了出去，自己穿戴了起來。這是一身帶黑邊的朱紅色長袍，上面繡著烈焰紋，想來該是乙支納威特意為自己準備的，徐真也不客氣，將諸多道器貼身綁縛，穿了朱紅袍服，這才打開門。

山寨中人見了徐真，無不跪拜行禮，徐真本想矜持，但想起昨夜之事，又坦然受之，對於這些流民，有時候不能一味施恩，保持尊威或許才是最好的方式。

餘忠堂上已經聚集了大小首領，苟仁武和高惠甄等人盡皆在列，連金姝和李承俊都在，這對母子換上了乾淨的衣服，金姝一身淡青，整齊地挽起髮髻，越發的可人。山寨說大不大，想來金姝夜訪徐真之事早已傳入乙支納威耳中，否則金姝母子二人也不會有此待遇。

高仁武見了徐真，連忙迎進來，乙支納威神色拘謹，顯然已經被徐真震懾，想來高仁武已經掌控了山寨，難怪春風滿面。

高仁武也不囉嗦，開口就表示會幫助徐真援救秦廣和陳討文，不過需要制定詳盡的計畫，不能以身涉險，在此期間，徐真就留在山寨之中，也好學習高句麗語和瞭解當地民俗。

徐真知曉高仁武需要依靠自己神子的身份來震懾和籠絡人心，也就住了下來，有了金姝的幫助，他的高句麗語也是突飛猛進，閒時就將自己的刀術和武藝傳授給李承俊。

山寨裡的流民每天都會來膜拜徐真，徐真就用祆教的教義來點化這些流民，以致每日信徒不絕，乙支納威等人仍舊每天出去襲殺官兵，終於得到了一些有用的情報。

這圖壤城的西武將軍本是流寇，佔據了城池，才越發壯大起來，雖得到了官方編制，然民間卻不接受他的地位與身份。

為此，他利用重金收買了燧洞殿的祭司，讓祭司到圖壤來祈福，妄圖利用宗教的力量，為自己博得正式的民間地位。

根據乙支納威等人得到了確切情報，祭司的車隊已經從蓋牟城出發，三天之後就會抵達圖壤城！高仁武認為這是打擊西武將軍的一次絕佳良機，而徐真則認為，這是一次打入圖壤城的好機會。只要能夠將這支車隊攔截下來，以徐真的幻術手段，冒充祭司進入圖壤城救人，簡直就是輕而易舉的事情。

不過徐真的高句麗語並不正宗，若到時候露了馬腳，深入敵營，也是處處危機，此事少不得有周密地部署了一番。

翌日，乙支納威和高惠甄帶領著反抗軍，他們與徐真一道，踏上了截殺祭司車隊的旅程，由於反抗軍的不少人都在通緝名單上，顯然不可能陪同徐真進入圖壤城。

正猶疑之際，金姝卻主動請纓，還陪同徐真進入圖壤，她乃蓋牟城中的貴夫人，對高句麗時事與人物都非常熟悉，作為徐真的嚮導和掩護，最適合不過。

高仁武坐鎮山寨，正好趁著乙支納威的人手不在，對山寨重新整治一番，徹底將山寨實力掌控在自己手中。

高惠甄見得金姝與徐真頗為親近，心中多有不快，然自嘲了一番也就作罷，隊伍輕裝快馬，從圖壤東部繞過去，照著情報提供的路線，很快就在官道兩旁埋伏了起來。

蹲守了一日一夜，才見得那祭司的車隊緩緩而來，眾人振奮精神，緊握手中兵器！

第一百五十七章

假扮祭司混入圖壤

四月末的天氣還未開始酷熱，但大雨過後，依舊有些清寒。常年戰亂，官道早已被馬蹄踐踏得崎嶇不平，一輛牛車吱吱呀呀走著，兩側是十二名背弓跨刀的黑衣衛士。

車廂內，燧洞殿祭司柳臣抽了抽鼻子的清液，不自覺緊了緊身上的衣物，仍舊覺得身子發冷，不由得將左右兩名神女拖到自己懷中，肥胖的雙手伸進神女胸衣取暖，肆意揉捏了一番，柳臣頓感火熱，正欲進一步動作，卻聽得噗嗤一聲悶響，而後是衛士的叫喊。

柳臣心頭湧起一股不安，掀開車廂簾子往外一探，卻聽得咻一聲，一根白羽破空而來，咄一聲釘在了車廂上，距離柳臣的眼珠子只有一拳的距離！

這位燧洞殿祭司心頭驚恐，慌忙躲入車廂之中，兩名神女尖叫顫抖，其中一名想要跳下車去，剛剛拉開車簾就仰倒回來，額頭上釘著一根長箭。

「啊！」

另一名神女瘋狂叫喊著，車廂外的衛士已經紛紛倒下，一群流民叛軍將車子給攔了下來。

這十二名衛士可都是蓋牟城守軍之中的高手，然而好漢也架不住人多，猝然受襲之下，羽箭咻咻，這些黑衣衛士根本抵擋不住。

柳臣心知遭遇了叛軍，心裡也是驚怕得要命，然而他畢竟是祭司，無論官軍還是叛軍，總是需要祭拜燧神的，他這位燧洞殿祭司，無論走到哪裡，都該性命無憂，說不得那些叛軍知曉自家身份之後，還會客客氣氣將自己迎接回去咧！

念及此處，他的心緒鎮定了下來，見那神女兀自聲嘶力竭，他一巴掌就拍了過去，驚嚇過度的神女頓時昏厥。

柳臣又警覺地往車外探視了一下，衛士仍舊在苦苦支撐著，他咬了咬牙，將車廂底板打開，取出一個木盒來，將木盒裡的東西，都纏在腰間，又用衣物遮蓋了起來，這才安心。

剛做完這些，外面已經沒有了響動，車簾子被掀開，柳臣胸口一緊，被拖出了車廂。

這夥流民足有四、五十人，為首者乃一名二十出頭的威武年輕人，穿著古舊的鎧甲，柳臣掃了一眼，看到鎧甲上的徽記，頓時冷汗直冒：「居然是乙支家族的人！」

再看看這些叛軍，一個個身穿藤條鎧，手中竹槍的鐵槍頭磨得鋒銳，其中一人穿著紅袍，手中長刀兀自滴著血，身邊卻是兩名貌美的女子。

柳臣見到這兩名女子，喉頭不由發乾，這兩位可比自己身邊那兩名神女要美豔得太多太多！

他到底是個見慣了世面的老祭司，當即昂頭挺胸，指著諸多叛軍，故作慍怒地沉喝道：「爾等皆為燧神的僕人，為何要阻攔使者的去路，這是在褻瀆燧神！」

生怕鎮不住這些叛軍，柳臣另一隻手卻悄悄探入腰間，拉扯了一根細繩之後，一些紅色粉末不可察覺地從他的褲腿口簌簌落下，他往後退了一步，從懷中取出一顆珠子來，猛然往地上一擲，正中地上那些粉末，轟一聲就燃起了火焰來！

乙支納威等人見祭司發怒，施展火法，驚駭得連連後退，而徐真卻微眯著雙眼，早將這祭司那笨拙的手法看了個通透。

柳臣見嚇退了眾人，心頭油然升起無盡的優越感與榮耀感，在高句麗王庭之中，誰人敢對燧洞殿祭司不敬？

然而他並未得意太久，叛軍之中的紅袍人走了過來，只見得那人蹲在火焰旁邊，居然伸出白皙的手掌，將地上的火焰都撈到了自己的掌中。

乙支納威等人見徐真收了祭司的烈焰，心頭對徐真更加的篤信，而柳臣的心中卻掀起驚濤駭浪來。

雖然他用的是障眼法，然而那些火焰可都是貨真價實的火焰，這紅袍人居然將火焰玩弄於鼓掌之中，他這個玩弄幻戲的祭司，今日難不成碰到真正的燧神使者了嗎？

徐真見到柳臣那吃驚的目光，心頭不由冷笑，如此粗劣的手法，根本不入他徐真的法眼。再者，他為了震懾山寨之人，時刻準備著幻術道器，防火之物早已塗抹於手中，又何懼這小小的火焰。

見徐真如此，那柳臣哪裡還敢再賣醜，當即告饒起來，徐真也懶得理會，將之交給乙支納威，一番逼問之後，將其身份履歷等全數都調查清楚，又換上了柳臣的祭司服，高惠甄與金姝換上兩名神女的衣服，又挑了十二名好手假扮黑衣衛士，這才悠悠地繼續往圖壤城前行。

乙支納威因為是通緝名單上的首要，是故無法相隨，只能帶領餘下的弟兄收拾殘局，將被扒光了的柳臣與那神女押回山寨。

那神女雖然比不得高惠甄與金姝，但還是有些姿色，乙支納威將自己的披風脫下來，罩在她的身上，將其丟到馬背上，當成自己的戰利品帶回山寨去。

徐真坐在車廂之中，金姝和高惠甄相伴左右，頗有左擁右抱的齊人之福，他與金姝早有親密接觸，如此偎依緊貼倒也舒爽，而高惠甄素來不喜徐真，二人相識之時又有摩擦，如今要假扮禁臠一般的神女，多少有些不自在。

她本是王庭郡主，出身高貴，自有一股不可侵犯之貴氣，而金姝同樣出身不低，二人莊嚴肅穆，反而比那兩名神女更像真正的神女。

徐真本想好好研究一下柳臣的幻術道器，然二女貼著，他也無計可施，只能按捺下來，只希望到了圖壤之後，不需要再表演。

金姝擔憂徐真會露餡，又將柳臣交待的身世與履歷等不斷重複，又不厭其煩地糾正徐真的口音，也多虧了徐真語言天賦驚人，否則短短時日之內，還真無法掌握這高句麗語。

好在這柳臣果真沒有跟西武將軍見過面，更沒來過圖壞城，這等小地方，尋常大祭司都不會涉足，柳臣剛剛晉升祭司，也沒任何名氣，這才被派到了這種窮鄉僻壤的小城。

車子晃晃悠悠走了大半日，終於在傍晚時分，來到了圖壞城頭，黑衣衛士進城通報之後，一隊隊人馬從城中出來，分列左右，西武將軍居然親自來迎接。

這西武將軍三十出頭年歲，矮小乾瘦，留著八字鬍，除了一雙威目陰鷙兇狠之外，再無引人注目之處，連左右親兵都比之威武霸氣。

徐真生怕說多錯多，是故沉默寡言，故作高傲姿態，這些人哪裡見過祭司這等高高在上的人物，連忙將徐真等人迎入城中，好生安頓下來，又設宴款待，以待翌日正式進行祈福儀式。

高惠甄與金姝兩大美人作了神女裝扮，緊隨徐真身旁，西武將軍手底下那些人都是綠林出身，看得直咽口水，卻又怕冒犯了祭司，心頭搔癢難耐。

金姝為了讓徐真少開口，就將儀式需要準備的東西都告知西武將軍，後者自命人去好生準備，晚宴也早早收了場，徐真故作不滿，帶著高惠甄與金姝回到住處。

西武將軍也是個懂察言觀色的人，察覺到祭司的不滿，遂命人將酒菜飯食送入徐真房中，趁機竊聽徐真等人交談。

果不其然，這僕人不久就回報，稱祭司不滿皆因將軍未曾供奉女奴，西武將軍不由大罵徐真無恥，身邊已經有了兩位如此絕色的神女，居然還想著他供奉女奴。

不過為了自己能夠名正言順成為一方首領，西武將軍也就忍耐了下來，連夜派人送了兩名姿色不錯的貼身侍女過去，可祭司居然不滿意，說要自己去挑選！

西武將軍心中已經將徐真這個祭司詛咒了不知多少遍，然而表面功夫卻又要做足，忙命人將徐真帶到牢房去，親自挑選女奴。

這圖壤城簡陋無比，建築物低矮醜陋，又以竹樓為主，根本就無法建造地牢，諸多奴隸都被看守在露天牢籠之中，用木柵圍住，如圈養牲口一般，少不得日曬雨淋和蚊蟲叮咬。

西武將軍為人精明，對一無是處的流民根本就不感興趣，這些奴隸都是妄圖叛亂的反抗軍，或是榮留王時期的戰士，而女奴也都是精壯健康的青壯年，少有老弱。

高句麗物資匱乏，也沒有那麼多的鐵索和手腳銬，只用木頭作了枷鎖，戴在奴隸的脖頸之上，再用繩索一一綁縛雙手，派遣士兵四處看守，僅此而已。

西武將軍為了不讓徐真挑選到合適的女奴，故意將徐真引到最骯髒的地方來，四周圍臭氣熏天，蚊蠅滋生，讓人望而卻步。

徐真故作清高，用袖子捂住口鼻，慢慢踱步，但見囚籠之中的奴隸紛紛抬頭，雙眸並未出現流民眼中那種麻木不仁，反而充滿了兇狠的鬥志與仇恨的怒火，就好像被關起來的一群群野狼！

又走了一段距離，徐真終於暫停了下來，罵罵咧咧，似乎為弄髒了自己的靴子而大為不滿，正低頭擦拭靴子上的泥點，囚籠之中突然伸出一隻手來，將徐真往囚籠那邊拖，那囚徒的手臂死死環住徐真的脖頸，眼看著就要將徐真勒死！

隨行的衛兵駭然失色，連忙用刀一陣威嚇，嚇退了那些囚徒，這才將燧洞殿的祭司老爺拖了回來。

這祭司老爺嚇得魂不附體，帶著哭腔大罵著，滾回了自己的住處，連女奴都不敢再挑選。

隨行衛兵將徐真的遭遇告之西武將軍，這個瘦小奸詐的老傢伙冷笑連連，似乎一切都在自己的預料之中一般。

而徐真剛剛被抓住的那個囚籠之中，鬚髮凌亂髒汙的囚徒撥開前額的亂髮，露出一雙睿智而堅毅的雙眸，他的手中緊握一柄精緻的小刀，這不正是徐真隨身攜帶的飛刀！

第一百五十八章

血色之夜大火沖天

秦廣緊握著手中的飛刀，眼眶卻慢慢濕潤了起來。

吐谷渾之戰時，他帶領勇武營的弟兄投靠了徐真，解圍張掖救甘州，大破阿史那厲爾，建立了何等功勳。

回了長安之後，被派往幽營二州駐紮，在幽州幫助高履行剿滅了前隋餘孽，然而這高履行卻是個貪功忘恩之徒，非但沒有將秦廣等人之功績如實上報，奪了功勞之後又將秦廣等人丟到了營州來。

本以為營州都督張儉是個闊氣的大人物，兄弟們也都卯足了力氣，於邊境四處掃蕩流寇，更是在遼水邊上與高句麗的流寇大戰了一場，斬首六百，俘虜一千餘，牲口物質不計。這張儉的吃相好歹沒有高履行這般難看，弟兄們皆得以晉升，他秦廣也提為營州府右果毅都尉。

其時高句麗軍再次偽裝成流寇來侵擾掠奪，秦廣新官上任，建言營州折衝府都尉陳討文與營州都尉張儉，欲對高句麗予以反擊。

可這張儉卻擔憂挑起戰端，只是一味拖延，導致邊境一日不得安寧，秦廣與諸多弟兄據理力爭，卻被張儉記恨，命陳討文與秦廣為使，過了遼水來講和。

哪裡知曉這支流寇並非高句麗寶藏王麾下王師，乃是真正的草寇，也不忌憚大唐國威，直接將秦廣等人給捉拿了起來！

陳討文初時還信誓旦旦，期期艾艾得等著張儉都督來營救，可如今都過去了兩個月，對岸半點消息都沒有，這位元折衝府都尉也是陷入了絕望之中。

秦廣心中很清楚，這一路來他與胤宗等兄弟早已情同手足，哪怕張儉不理會，諸多弟兄也不會坐視自己被俘，而弟兄們遲遲未來救援，秦廣心頭自然失落，但失落之餘，他也不得不為弟兄們擔憂。因為弟兄們不能來救援自己，那麼就只有一個可能，那就是張儉或許已經在壓制著弟兄們了。

眼看著時間一天天過去，希望也越發渺茫起來，陳討文早已沒有了都尉的威儀，整日哀求著這些草寇，承諾若放了他回去，必定報以豐厚之極的酬謝，然則西武將軍卻嗤之以鼻。

秦廣乃是有勇有謀的人，這兩個月他靠著與諸多獄友交流，已經掌握了高句麗語，這些榮留王時期的高句麗戰士非常驍勇，可堪一用，他本打算聯合諸人誓死越獄，可那陳討文卻貪生怕死，將事情給供了出來。

西武將軍命人洗刷了囚籠，將諸人身上一切能用之物全部搜刮一空，那陳討文喜滋滋等著釋放，沒想到西武將軍卻出爾反爾，並未履行諾言。

陳討文犯了眾怒，沒過一夜就被打死在了囚籠之中，西武將軍並不關心大唐與高句麗之間的政治，陳討文之死，對他沒有半分影響。

秦廣心頭越發焦躁，正籌畫著第二次越獄，卻見到了假扮成祭司的徐真。

他萬萬沒想到徐真會孤家寡人出現於此，他心知弟兄們絕不會忘記他，然而他沒想到，自家主公居然以身犯險，孤身潛入敵營來。

徐真用眼色暗示秦廣，後者又豈會不知徐真之意，是故二人逢場作戲，徐真得以將飛刀送到了秦廣的手中，並趁機用唐語囑託秦廣，等待時機再動手。

金姝見徐真狼狽而回，慌忙上來詢問，卻被徐真一把抱住，轉了好幾個圈，欣喜之意不言而喻，金姝臉色紅潤，不斷暗示，徐真突然醒悟過來，高惠甄還在同一房中，這才將金姝放下。

高惠甄表情尷尬，心頭卻是恨透了徐真，雖迫於計畫，不得已而共處一室，然而說到底還是讓人心亂如麻。

待徐真將尋得秦廣之事說清楚，高惠甄竟面露興奮之色，開口道：「乙支納威相信已經回到山寨，銀珠郡王說不定已經帶著所有人來到了城外，若能釋放那些奴隸，來個裡應外合，勢必能夠將圖壞城拿下！」

「只是……只是如何才能讓郡王與那些奴隸同時收到信號？若無法同一時間發動攻

擊，難免打草驚蛇，到時候可就功敗垂成了……」金姝果然是大戶人家出身，眼界心思也都不落人後。

徐真沉吟了一番，下意識摸了摸柳臣所留下來的那些東西，朝二女嘿嘿笑道：「我有辦法，只不過……現在我們需要做的，是先蒙蔽敵人，打消他們的顧慮……」

高惠甄是何等聰敏之人，見徐真眼色有異，遂順著徐真目光望去，果見得門外人影晃動，想來那西武將軍對徐真並不放心，還安插了人手在外面監視著。若想要打消這些人的心思，最好的辦法莫過於讓他們相信，這房間裡的人，已經陷入了沉睡……

於是，房間的燭火被吹滅，窸窸窣窣的脫衣聲很快傳了出來，外面監視之人開始聽見二女一男那讓人浮想聯翩的粗喘以及壓抑卻又壓抑不住的呻吟………

高惠甄只是逢場作戲，在一旁假意嗯啊，可徐真跟金姝卻趁著黑暗，來了個假戲真做，高惠甄還以為這兩人也只是做戲，起初並不覺意，徐真與金姝在這等刺激的環境之下，自然是妙不可言，以致於高惠甄終於醒悟過來，羞臊得無地自容，對徐真簡直是恨之入骨了。半個時辰之後，房間之中的動靜終於停歇了下來，均勻的呼吸聲傳出很遠，屋外的監視之人被房內動靜勾起了邪火，又見得徐真等人終於安睡，興沖沖就往回趕，也不報告西武將軍，抓了個小婢子就往房間裡拖。

徐真看著這些人離開，這才帶著高惠甄和金姝潛伏出來，他將柳臣的腰帶交給了高惠甄，自己卻帶著金姝往囚籠這邊潛行。

徐真與高惠甄分頭行動之時，高仁武與乙支納威果是帶領著二百反抗軍，來到了圖壤的土城牆之下，他們今次可算是傾巢而出了。

三更時分，圖壤城萬籟俱寂，西武將軍抱著水靈靈的小丫頭沉睡著，連城頭的守軍都打著瞌睡，將軍府更是少有人影走動。

徐真帶著金姝進入到牢籠區域，巡邏隊伍都回營各自歇息，十幾個看守則圍著火堆，正在呼呼睡著，渾身酒氣，老遠就能嗅聞到。

徐真示意金姝原地不動，自己卻施展摩崖所傳授的隱遁之法，沒入黑夜之中，如貓兒一般無聲無息就來到了牢籠前。偌大的牢籠裡一百多奴隸齊刷刷抬頭，在火光搖曳之中，那一對對眸子閃爍著充滿鬥志的光芒和對自由的渴望！

秦廣早已利用飛刀，將他們手腳的繩索全部割斷，又偷偷將脖頸上的木枷鎖全部都拆卸了下來，見得徐真到來，秦廣心頭激動，低聲喚道：「主公！」

時隔一年，這一聲主公喊出來，秦廣只覺思緒萬千，唏噓不已，不過這等時候也不是感慨的良機，徐真長刀斬落，打開牢籠，一百多奴隸戰士如鬼魅一般安靜，如狼虎一般兇悍，從牢籠之中走出來，右手按在胸口，朝徐真低頭行禮。

這些人衣不蔽體，然雙眸燃燒戰火，一如剛剛從地底爬出來的修羅軍團，連徐真這等見慣了戰場廝殺的好漢，都不禁被他們的兇悍所震撼。

徐真無聲點了點頭，在秦廣的帶領下，奴隸們紛紛行動起來，先將十數名守衛悄無聲息扼殺，再分頭而出，偷入各個營房，那些沉睡的圖壤士兵根本來不及呼喊，就已經被殺死於夢中，而奴隸們一個穿上鎧甲，從營地之中走了出來。

鮮血從一個個營房之中流淌出來，彙聚成血色的溪流，今夜，圖壤城註定成為殺戮之戰場。

徐真折回去找到金姝，將一柄橫刀塞到金姝手中，讓其緊隨於後，金姝已然不是那個柔弱的少婦，徐真教導李承俊之時，她一直在旁偷師，出身富家的她，從未想過自己有一天會拿起刀劍，為了不拖徐真後腿，這個連雞鴨都沒殺過的女人，此時緊握刀柄，若有敵人出現，她自認會毫不猶豫地一刀斬落下去。

高惠甄這邊並不是很順利，她碰到了一支巡夜的隊伍，差點錯過了時辰，不過好在這隊巡兵並未停留太久。

她來到將軍府的後院，按照徐真之囑託，登上竹樓高處，將那腰帶之中的粉末全數灑下，夜風一吹，粉末四處飄蕩，落到那些房子的茅草屋頂之上，而後她取出火鐮，點燃了手中的火把，待火把燃燒旺盛之後，投擲到了竹樓的頂上。

高仁武和乙支納威帶領著諸多反抗軍，趁著夜色悄悄爬上了城頭，那打著瞌睡的守軍猛然驚醒，還未呼喊出聲，就已經被割斷了喉管！

二人佔領了城頭，見得將軍府方向火光沖天，心頭大喜，跳下城頭，轟隆隆打開城門，反抗軍無聲無息洶湧而入。

圖壤城的人們還在沉沉睡著，城主西武將軍卻被一股刺鼻的焦味熏醒過來，他坐起身來，看到那個被他折騰了大半夜的小丫頭正在熟睡，白魚一般的身子半遮半掩，他不由餘味未盡地揉捏了一把，而後披了衣服出來查看。

可他剛剛打開房門，一道火舌猝然而至，把他的頭髮都燎燒了起來，他舉目望去，整座將軍府都在火海之中，而僕人和衛士卻一點響動都沒有。

細碎的腳步聲越發臨近，他知道事情不妙，衝進房中取出一隻牛角號，嗚嗚嗚的號角聲在蒼涼的夜色中，充滿了血色的悲愴。

「敵襲！」

「敵襲！」

圖壤城終於被死神的腳步聲驚醒，西武將軍正欲回去披掛衣甲，一股涼氣陡然從腳底板湧上來，雞皮疙瘩一路刮著脊樑骨而上，到了頭頂轟然炸開，嚇得他鬚髮倒張。

他下意識往旁邊偏頭躲閃，一支羽箭擦著他的耳朵而過，將他的半隻耳朵鐸一聲，釘在了牆上。

「該死！」

西武將軍如黑瘦的猴子一般捂住耳朵，跳腳罵道，當他回過頭時，卻看到沖天火光照耀之下，一人握著巨大的犀角弓，一步步走來。

「銀珠郡王！居然是銀珠郡王！」

第一百五十九章 圖壤安定使團回歸

將軍府火光沖天，照亮夜空，煙霧四處瀰散，圖壤城民眾卻緊閉門戶，男兒提著菜刀死頂住門板，妻子兒女則相擁著縮成一團，歷經戰亂，見慣了城池易主，民眾也早已有所防備。

高仁武帶領反抗軍衝突將軍府，其勇武難當，憑藉一張犀角弓，勁矢連珠射出，周遭敵人無不應聲倒地，疾行變狂奔，以勇武聞名的銀珠郡王一路掃蕩，竟無人能擋，真可謂將軍夜引弓，仰頭笑蒼穹。

乙支納威毫不示弱，帶了大半反抗軍襲擊兵營和衙門，一柄古刀上下翻飛，血花如一朵朵碩大的牡丹一般在夜色中放肆綻開，圖壤守軍猝然受襲，根本無法抵擋。

高仁武率隊沖入將軍府內宅，直奔西武將軍住處，正好見其出門示警，當即彎弓搭箭，那西武將軍也是警覺，居然憑藉本能躲過了這致命一箭。

眼看一箭落空，高仁武施展連珠箭術，從箭筒之中抽出一根箭矢，只在呼吸之間，弓弦嗡嗡顫鳴，西武將軍慌忙躲入房中，那箭矢鏗一聲射入門板，穿透出半截箭桿子。

諸多反抗軍與圖壤城守軍作戰僵持多時，受盡了苦難，見得敵酋西武將軍躲入房中，三五個反抗軍當即拖刀撞入房中，然不出片刻卻紛紛倒飛出來，或咽喉被割，或心胸被破剖，或腰腹被斬，慘不忍睹。

西武將軍知曉若不衝鋒，只能被困死在房中，也來不及披甲，見那心疼的小丫頭還在索索發抖，生怕這小丫頭遭到反抗軍的蹂躪，忍痛咬牙，一刀砍死了她，這才揮舞著那柄比他身軀還要長的陌刀，怪叫著從房中衝殺出來。

反抗軍將西武將軍重重圍起來，不需下令，同仇敵愾的弟兄們一擁而上，這西武將軍雖然矮小如猴，卻爆發出驚人蠻力，一柄前隋長柄大刀舞得風生水起，弟兄們多有傷亡，卻硬是近不得身。

高仁武雖百步穿楊，到底是擔心誤傷了弟兄，也不願做那暗箭偷襲的勾當，拔出腰刀來就沖入戰陣之中，勇力爆發，居然與西武將軍纏鬥在一處。

榮留王兄弟眾多，然大多養尊處優，只有這位銀珠郡王一身的武藝，刀馬嫺熟，射擊更是高句麗聞名遐邇，又曾經擊退過百濟的侵略，可謂戰功彪炳，今夜與西武將軍這個搖身變將軍的匪首相鬥，頓時激起了無盡戰意。

西武將軍早聞銀珠郡王的驍勇，今夜一見，方知並非浪得虛名，自己依仗兵刃長大，卻仍舊無法佔據半分上風，反倒被高仁武逼得節節退敗。

正酣戰之時，數十名全副武裝的奴隸撞入將軍府，卻是徐真與秦廣帶領的隊伍。

此時乙支納威也已經成功拿下兵營與衙門，生怕走失了敵酋，又帶著數十人趕到，高惠甄四處放火之後也同樣聚攏過來，西武將軍知曉大勢已去，仰天長嘆，氣勢上已經輸了半截。

然他到底是一方梟雄，又難得與聞名高句麗的銀珠郡王相鬥，縱然一死，也不枉此生，心頭堅定，頓時狠辣起來，一柄長刀舞得密不透風，高仁武吃了短刃的虧，一時半會也拿不下這位綠林豪傑。

關鍵之時，乙支納威求功心切，奪過一張竹弓，彎弓搭箭一氣呵成，覷準了空檔，竹箭破空而來，擦著高仁武肩頭激射了過去，那西武將軍正舉刀欲砍，小臂卻被竹箭洞穿，長刀猝然落下，噗嗤入地達半尺之深。

高仁武橫刀劈砍過來，眼看就要將西武將軍梟首，刀刃卻堪堪停住，貼著西武將軍脖頸，紋絲不動，力道掌控妙至毫巔。

西武將軍自以為大限將至，無奈長嘆，閉上了雙目，然而久久不見動靜，睜開雙眸才見得高仁武已經收了橫刀，朝左右下命道：「將軍也算一方豪傑，先請下去，好生招待，若有冒犯，必將嚴懲！」

諸人知曉高仁武有心收服西武將軍，也不敢擅下殺手，只好將其帶下去看押起來。

徐真不得不佩服高仁武的心胸與政治遠見，此戰雖迅如雷霆，斬首眾多，俘虜更是不計其數，然西武將軍佔據圖壞多時，若殺之，勢必引發人心動亂，如能收於麾下，必能在最短時間之內整合圖壤兵力。

因為消息一旦傳出，圖壤必將成為整個高句麗的目標，泉蓋蘇文斷然不可能坐視自己安於一隅，必定派兵來剿，若無法凝聚人心，以反抗軍的戰力，必然一擊即潰矣！

戰鬥如疾風驟雨一般，迅雷不及掩耳而暴起，又如大雨驟停，高仁武嚴格約束部下，與民無犯，又張榜廣告安民，諸多城民聽聞是銀珠郡王，無不歡慶，天剛濛濛亮，就有大量的民眾聚集將軍府門前。

衛兵們還以為城民要暴亂，慌忙報知高仁武，後者出來一看，才知曉這些城民是來犒軍，雞鴨魚米堆滿了將軍府門前空地，民眾無不擁戴，足見滎留王正統乃民心所向。

高仁武並未被勝利的喜悅蒙蔽雄心壯志，他也清楚圖壤城勢必會成為眾矢之的，鎮壓大軍指不定哪天就會兵臨城下，於是他又匆匆召集諸人議事。

滎留王乃是接受大唐皇帝陛下冊封的高句麗王，泉蓋蘇文叛逆篡奪，雖立了寶藏王，然實則操控朝政，自封大莫離支，比大對盧都要高貴，亂臣賊子人之心昭然若揭。

高仁武想要舉事復辟，光靠銀珠郡王的名頭和高惠甄這位敏恩郡主的身份，是遠遠不夠的，甚至於連防守圖壤城都有些困難，為今之計，只有請大唐國出兵。

徐真自然是再好不過的使者人選，若大唐出兵高句麗，則可以圖壤城為據點，大軍有險可依，就能無驚無險渡過遼水，只要唐軍能順利渡河，泉蓋蘇文的軍隊又有何可懼？

聖上即將御駕親征，派遣徐真過來，就是要當探路的先鋒，若真能在圖壤建立據點，征遼大計可圖矣！

徐真很快就想通其中關鍵，欣然應允下來，高仁武大喜，命人送上一方木盒，贈與徐真，打開看時，卻是一軸高句麗的詳盡輿圖，山川河流林地，城池山寨險要，無不精細，卻是西武將軍多年掠奪各地繪製出來的。

有了這張輿圖，又何愁大事不成。

徐真心頭大喜，又召來熟悉地形的戰俘，將輿圖細細講解了一番，徐真默記於心，不由躊躇滿志。

高句麗國內暴亂四起，流民四處遷徙，情報消息傳遞也因此受阻，高仁武又有心封鎖消息，估計還能掩蓋個把月左右，這段時間正好讓徐真回去搬兵。

翌日，徐真以燧洞殿祭司的身份，正式為高仁武和圖壞城祈福，高仁武有心收攏民心，將此祭祀辦成了盛典，徐真又精心準備了一場烈焰幻術，全程民眾無不歸心跪拜，稱徐真為「燧氏蒙」，意為燧神的手指。

高仁武見徐真聲望比自己還要高，難免不喜，心中不由懊悔，然靈機一轉，又當即宣佈在圖壞建立神殿，供奉燧神，一下由將民心愛戴給奪了回來。

祭祀結束之後，徐真即將啟程返回唐境，秦廣早已得到那一百奴隸兵的認可，高仁武自是不忍割愛，然為取得唐國信任，表現結盟誠意，高惠甄自動請纓，跟隨徐真回唐，充當使者，高仁武就坡下驢，命這一百奴隸兵擔任護衛，隨徐真等人同行。

金姝在此戰中立下了功勞，又是徐真這位「燧氏蒙」的貼身神女，待遇自然不可同日而已，雖然高惠甄也曾偽裝神女，然她畢竟是堂堂郡主，不適合再擔任神女，徐真乾脆將金姝敕封為神女，自己離開圖壤的這段時間，燧神殿的工作，就由神女金姝來主持，高仁武自無不允。

金姝本就是富貴出身，典雅高貴，今番成了神女，主持管理燧神殿自然不在話下，回想著一路的艱辛，又想到遇見徐真之後的變遷，金姝心頭很是欣慰，暗自慶幸，若不是自己在那個雨夜勇敢地走進了徐真的木屋，或許自己現在還只是一個恐懼和苦難之中的流民吧。

四月底，大唐忠武將軍徐真與營州折衝府右果毅都尉秦廣、高句麗王朝敏恩郡主高惠甄，在已經賜名為燧洞護軍的一百奴隸兵護衛之下，往遼西而行，渡河以返唐境。

出發那天，銀珠郡王偕乙支納威等人，將徐真的隊伍送出五里，神女金姝帶著兒子李承俊為徐真送行，徐真從腰間解下一柄帶鞘的短刀，送給了李承俊，那是他在將軍府中繳獲的利刃。

李承俊欣喜不已，徐真又從懷中取出前夜繪製的刀譜，囑託李承俊好生練習，這才率隊離開。

高惠甄心頭難免泛起苦澀的波瀾，她乃堂堂郡主，又年輕貌美，無論姿色身份還是本事，都遠勝於金姝，然徐真卻並未正眼看過她，難免使人喪氣。

金姝卻露出典雅的微笑來，凝望著徐真越來越遠的背影，想起昨夜的瘋狂，心頭滿滿的溫暖。

在徐真的隊伍渡過遼水，往營州地團進發之時，營州都督府第一時間受到線報，聲稱有一隊高句麗使節團渡河而來，護軍近百人，為首者乃營州折衝府右果毅都尉秦廣。

張儉收到線報之後，當機立斷，命令都督府軍隊果斷出擊，將使節團攔了下來。

然而讓人難以置信的是，帶領使節團的並不僅僅只有右果毅都尉秦廣，還有新任都尉徐真。

「他不是每日呆在軍府衙門裡嗎？誰能告訴我這個是誰！衙門裡那個又是誰！哪個才是徐真！」

張儉揮袖將案几上的東西全部掃落，拍案怒罵道。

第一百六十章 都督陷害徐真反升

徐真身為都尉，未作通告，擅自離開駐地，渡河進入高句麗境內，還帶回使節和百數護兵，雖救回了右果毅都尉，可折衝都尉陳討文卻身死異鄉，值此大戰在即的關鍵，若有心陷害，安他個通敵之罪都不為過。

張儉帶著都督府的人馬，可謂來勢洶洶，然而徐真卻鎮定自若，薛仁貴等人也領兵從地團趕來，與徐真的人馬彙聚一處，諸人見徐真孤身入遼，將秦廣給救了回來，有感於自家主公如山之恩，又豈能不效死，若張儉一意孤行，諸多弟兄說不得要武力護主。

其實張儉也不過故作姿態罷了，此時他還焦頭爛額，自顧不暇，心情煩躁，只想拿徐真出出氣罷了。

見得徐真本部人馬如此硬朗，他也就憤憤而去了。

徐真一打聽才知道，皇帝陛下已經帶領文武百官和太子李治，離開長安而幸駕洛陽，房玄齡與李大亮留守長安，御駕親征遼東已然進入正式時程。

據說將作大匠閻立德已於洪州、饒州與江州（三個地方都在現在的江西）籌建了四百餘軍船，用以運輸糧草，洛陽方面也開始緊鑼密鼓籌備征遼事宜。

鑒於幽、營二州的地理位置，聖上已經命高履行和張儉率領都督府的兵馬，聯合契丹、奚和靺鞨等屬國之軍，先行刺探，為征遼大軍擔當開路先鋒。

然高履行遲遲未至，胤宗和高賀術等人被派往契丹等部落又未回歸，張儉只有手中都督府軍，根本難以成事，洛陽那邊又催逼甚急，也難怪他無暇顧及與徐真之間那點私怨了。

張儉鬱鬱回府，大發雷霆，婢子戰戰兢兢不敢入內伺候，慕容寒竹搖頭一笑，徑直入了張儉書房之中。

「大都督何以如此？」

張儉見得慕容寒竹入內，面色稍霽，長嘆而坐，這才幽幽開口道：「崔先生有所不知，高履行遲遲未到，契丹等部族也未有消息傳回，本都督手中區區一府之兵，這徐真又不聽調遣，實在是巧婦難為無米之炊啊……」

慕容寒竹聞言，不由輕笑道：「都督何須憂慮，這胤宗與高賀術乃徐真死忠舊將，遲遲不歸，必是徐真暗中授意，只要拿了徐真，又何愁此二人不回？」

張儉聞言，雙眸頓時一亮，然則片刻又浮現憂色，顧慮道：「這折衝府衙門雖無重兵，然徐真手下盡是驍勇之輩，再者，若強力拘捕，引發了衝突，這等節骨眼上，須是不甚好看……」

慕容寒竹心頭冷笑，只將這張儉當成優柔寡斷，扶不起之徒，然口頭上卻獻策曰：「都督何須顧慮，高履行都督不出三日必定率兵抵達營州，若都督不放心，可屆時聯合一處，再拿了徐真便是。」

張儉微微點頭，心情似乎好了一些，命人置了宴席，與慕容寒竹對酌，二人相視而笑，所論者盡是國家大勢，人情軍事，故作赤忠姿態，心頭卻是另有計較。

彼時徐真要與張儉勘合魚書，將符兵都招募起來，本是未雨綢繆的先見之明，然張儉因韓復齊受了徐真羞辱，卻不肯用印，以至於徐真只能將六百親隨護軍來充數，又募得四百志願戰士，湊足了一千人之數。

哪裡想到聖上居然如此快速就安頓好國事，帶領文武百官和太子李治到了洛陽去，並命張儉募集府兵，對高句麗進行試探性進攻，並搜集戰地輿情。

此時張儉才想起要集結府兵，卻又礙於顏面，不得不拉下面子，讓韓復齊去知會徐真，然而徐真此刻正在圖壤，張素靈生怕漏了底細，托疾不出，韓復齊覺得徐真傲慢托大，又鬧將起來，周滄哪裡能忍，二人廝鬥了一場，韓復齊大敗而歸。

妻弟接二連三遭到徐真羞辱，張儉哪裡能忍，正要到折衝府衙門興師問罪，卻收到線報，說徐真出現在遼水岸邊，還帶著高句麗那邊的使節團。

張儉頓時明白過來，自己一直監視著的徐真，是假貨！難怪不敢持了魚書來勘合。

念及此處，張儉也是狠下心來，與慕容寒竹密謀了一番，說不得要將這遲遲未能召集府兵的責任，都推卸到徐真的頭上，彼時徐真未經通報允許，私自渡過對岸去救人，看他如何自辯！

徐真這邊的弟兄也是群情激憤，本欲招募府兵，好到對岸去要人，張儉不允，徐真只能私自行動，將人救了回來，還帶回反抗軍同盟的使節，此舉無異於幫助大唐拉攏了一個助援，然張儉非但不接見，居然還要以擅自行動藐視軍法的罪名，捉拿徐真，弟兄們又如何肯甘休。

此時折衝府一千人馬，六千乃本部親兵，四百則是新募志願兵，再加上一百隧洞護軍，戰力不可謂不兇猛，張儉有心拿捏也無兵可用，與慕容寒竹苦等了三日，終於是盼到了高履行到來。

這日晴空無雲，高履行率幽州都督府兵馬，與張儉一道，前往營州折衝府地團興師問罪，弟兄們個個義憤填膺，然徐真卻不願多造事端，囑託張久年等人一番，束手就擒。

張儉和高履行拿了徐真，即刻將徐真私自行動，導致營州府兵招募延遲之事寫了奏章，快馬送到了洛陽。

與此同時，秦廣以營州折衝府右果毅都尉的名義，將徐真孤身涉嫌，渡河救人，又聯合高句麗反抗軍，奪取圖壤城，並成為高句麗民間精神領袖之種種事蹟，全數寫入密信，連同那高句麗地形輿圖一起，教人快馬送到了英國公李勣的手中。

此番征遼，李勣乃是總管之中的總管，其愛惜徐真之才，對徐真傾囊相授，早已將徐真視為關門弟子，收到密信之後，當即入行宮求見聖人。

李世民正在處置軍機，收到張儉與高履行奏章之後，不禁眉頭大皺，心想徐真到底年輕氣盛，雖救回了秦廣，卻拖延了府兵徵召，與大局有損無益，然聖人素知偏聽則暗、兼聽則明之理，又召來司徒長孫無忌，長孫無忌對徐真也是頗有微詞，聖人由是大怒。

正要發文處置徐真，以儆效尤，宦官卻來求告，稱英國公爺李勣求見聖駕，李世民正在氣頭上，本想拒見，然李勣乃今次征遼的主帥，徐真又是他的門生，李世民也只能壓抑怒氣，將李勣叫了進來。

李勣見長孫無忌和李治都在，心裡頓時猶豫起來，這兩位如今權傾朝野，文武百官紛紛傾向東宮與司徒，若自己維護徐真，說不得要跟這兩位產生矛盾。

然李勣到底是個深諳君心之人，自從裴矩和魏徵死後，也就褚遂良敢跟聖上大聲說話，偏偏聖上就喜歡這一套，他李勣沉寂朝堂多年，一向柔和，反給人一種碌碌圓滑之感，不如趁著這個機會，加入諍臣之列吧！

心意既已決，李勣遂將密信奉上，又呈上裝著輿圖的木盒。

李世民將密信讀完之後，眉頭仍舊未得舒展，問李勣道：「既徐真有冤，如何不親自上表，卻遞交密信給徐愛卿？」

雖時隔多年，但李世民不忘舊情，仍舊稱呼李勣為徐姓，私下裡還以世績兄稱之，可見對李勣有多倚重，然則但凡帝皇，無比厭惡朝臣結黨，徐真送密信給李勣，而不上表給自己這個皇上，難不成還擔心我這個皇上不公正嗎？

李勣伴君多年，一聽就知曉李世民心意，連忙解釋道：「這徐小子一路上可吃了不少苦，聽說跟高家孩子和張儉有所摩擦，若正經上表，輾轉軍部，奏表還未到聖人手中，說不定就要吃虧了，今日我若不來，聖人是否就要批示下去了？」

李勣既然決定要做敢言直言的諍臣，也不再顧慮朝堂爭鬥，明知高履行乃太子太傅高士廉之子，太子一脈的人手，也不惜直言不諱。

李勣本是個有勇有謀的絕世帥才，只是入了朝堂之後，不得不明哲保身，戾氣和鬥志也就慢慢沉澱了下來，如今再次執掌全軍，卻是激發了他那年少時的傲氣，不得罪則已，一得罪乾脆全部得罪作罷！

長孫無忌聽了李勣陳述，果然面色大變，正欲反駁，卻聽李世民哈哈笑了起來。

「某果然沒有看錯，徐愛卿一說要打仗，終於是耐不住性子了，哈哈哈！」

這長孫無忌雖位高權重，然開唐混戰之時卻並不以武功聞達，而以陰謀韜略取勝，並不像李勣和秦叔寶等人一般，曾經與李世民並肩作戰，見李世民如此姿態，知曉李勣占了上風，當即不再說話。

李勣只能苦笑，心頭卻是暗喜，知曉自己這次算是賭對了。

李世民放下密信，又打開了那長條木盒，將卷軸唰啦攤開，偌大的案几頓時被佔據得滿滿當當！

「這……這果真是高句麗的地形輿圖！」李世民見得輿圖上密佈標注，山川險要無不指點出來，甚至連泉蓋蘇文的軍隊部署都標注了一部分，不由驚訝得說不出話來，久久才拍案讚道。

「得此輿圖，堪比十萬之師也！」

長孫無忌和李治暗自相視一眼，冷汗頓時冒了下來，知曉這次陷害徐真，實在是太過不明智，對高履行和張儉更是極度不滿。

征服高句麗是李世民這位天可汗最後的心願，誰能夠在此事上建立功勳，自然能夠得到聖上格外的垂青。

李世民研究了許久，發現圖上許多標示並不明朗，符號更是怪異生僻，遂問李勣道：「此圖乃徐真孤身入遼東所得，想來他必能熟解此圖吧？這密信上所言，可是費了不少周章啊……」

李勣當即回稟道：「徐小子確實可以解讀此圖，短短一個月，他已經熟諳高句麗語……」

李勣也不需要如何誇讚徐真，這擺在案上的輿圖，就是最好的明證！

果不其然，李世民一手按在輿圖之上，如同將整個高句麗掌控於手中一般，神采奕奕，如同透過這張輿圖，回到了當年征戰四方的時光。

「著各省知悉，讓兵部委任下去，命徐真為遼東道行軍總管，節制幽、營二州兵馬，全權督察先鋒軍事，六軍擇吉日開拔，趕赴定州！」

李世民對召喚進來的侍郎官如斯說道，也宣告著遼東之戰，正式拉開帷幕！

第一百六十一章

浪子卑鄙徐真得福

禮記有云：「禮不下庶人，刑不上大夫。」，徐真雖只是個都尉，無法與張儉平起平坐，然張儉亦不敢虧待於他，名為拘禁，實則並未上刑，好吃好住的伺候著。

高履行與張儉正在飲宴慶祝，等待著朝廷對徐真的處置，於其二者而言，徐真此番怕是難逃其咎，說不得連都尉之職也要丟掉。

慕容寒竹亦放鬆了下來，從長安出發，歷經幽州營州，一路挑撥調教，這兩位都督終於是將徐真給拿了下來，也不枉他一番唆使慫恿。

正喝得盡興，門外卻通報，說是高句麗使者來求見，商談結盟之事，張儉和高履行心情大好，就命人將使者領了進來。

高惠甄也是無可奈何，高仁武等人守衛圖壞，畢竟戰力有限，若不能及時調動唐軍過河駐守，泉蓋蘇文的人馬一到，圖壞必失無疑。

她雖出身高句麗，然堂堂郡主，自然清楚朝堂黨派爭鬥，徐真也不知何時才能被釋放，反正她要跟唐軍結盟，而不是跟徐真結盟，遂主動求見營州都督張儉。

若換了高仁武，必定不會做出這樣的抉擇來，可高惠甄反感徐真之為人，圖壤形勢又急迫，她也就欠缺了思慮。

此時高慧甄換了高句麗傳統服飾，越顯得高挑修長，那健美的身姿曼妙婀娜，長期練武和戰鬥，使得她典雅之中不失狂野，健美之中又透著一股王族貴氣，高履行這等愛美之人，當即看傻了眼，瞬間被這位高句麗使者迷了心竅。

張儉倒是有禮有節，招呼高惠甄和一同前來的通譯落座，笑著問起結盟詳情，將大唐州府都督的氣度展現得極為妥帖。

慕容寒竹只是默默在一旁傾聽，心底卻越發震驚，若不是有心針對徐真，這個結盟的計畫簡直就是天賜良機，圖壤地理位置極其特殊，若派軍駐守，完全可以當成大軍進攻高句麗的跳板和橋頭堡。

通譯的唐語並不是很流暢，但大體表述完全無礙，慕容寒竹聽完之後，心頭也是有些懊悔，相對於整垮徐真，打下高句麗更加的重要，無論他出自大隋，還是大唐，高句麗永遠是中原王朝最想要征服之地！

不過從高惠甄的話語之中，慕容寒竹也聽得出來，這位使者並非一定要徐真做這個中間人，而是急著要跟唐軍結盟，於是他偷偷朝張儉點了點頭，後者心領神會，知曉是大功一件，連忙爽快地應允了下來。

高惠甄自然是興奮不已，臉色頓時紅潤起來，引得高履行連自己姓甚名誰都不記得了。

榮留王曾經接受過高祖所冊封的遼東郡王、高句麗王，高句麗國內對大唐風物也是極為憧憬，王公貴族向來以學習中原書法和穿戴唐朝服飾為榮，更是掀起學習唐語的風潮。然高惠甄彼時沉迷於武藝，對這等附庸風雅之事並不感興趣，是故唐語並不靈通，借助通譯商談了具體事宜之後，儼然已經深夜，張儉遂命人安排客房予高惠甄安歇。

高惠甄心情舒暢，加上張儉完全展現出一名德高望重的官僚做派來，她也就安心地被引領到了客房。

到了客房之後，高惠甄發現對面院子一個房間居然還亮著燈，看窗紙上挑燈夜讀的剪影很像徐真，遂詢問那引路的婢子道：「那裡面住的是誰？」

這婢子是張儉特意安排的，懂得高句麗語，遼東那邊局勢動盪，常有高句麗人冒險渡河，來遼西求生存，稍有姿色的大多都被買作奴婢，這婢子受過高都督的囑託，需要做一件大事，因而有些心不在焉，故而隨口回答道：「回使者話，那裡面住著的是折衝府都尉徐真老爺。」

高惠甄聽得徐真二字，不由多看了那道剪影一眼，心裡沒來由就想起那場大雨之戰，徐真緊抱著自己的畫面來，臉色頓時羞紅。

入了房間之後，婢子開始伺候高惠甄沐浴，高惠甄在高句麗反抗軍中生活慘澹，許久未曾享受過如此尊貴的待遇，整個人浸泡在木桶香湯之中，彷彿又回到了郡主的生活。

換上乾淨舒適的衣服之後，那婢子又端了酒菜上來，特意囑託了一句，說那美酒乃是高都督所贈，女子飲用能駐顏美容云云，高惠甄喜出望外，倒了一杯，一飲而盡，那酒液果真香醇綿柔，還夾著一股難言的甜味。

婢子見得高惠甄喝了酒，似乎長長鬆了一口氣，高惠甄到底是個女兒家，又是王族出身，不想自己進食的姿態被這婢子旁觀，遂擺手打發了婢子出去。

這婢子正愁找不到藉口，連忙出了房門，卻是往高履行的住處疾行。

高惠甄又喝了一杯酒，心頭卻湧起一股異常的騷動，徐真的模樣不斷出現在她的腦海之中，總是揮之不去，想起與徐真雨幕之中共同戰鬥的回憶，又想到自己不顧徐真，主動來找張儉結盟，她覺得自己虧欠了徐真。

高句麗民風開放，也沒什麼男女之防，高惠甄咬了咬牙，將酒壺和一些小菜放入食盒之中，就來到了徐真的房前。

徐真正在夜讀經典，這本經書乃是從燧洞殿祭司柳臣那裡得來的，介紹的都是關於燧神教的教義和傳說，高句麗沒有文字，與新羅等一樣，都使用漢字來書寫和記載。

只是這部經書之中卻摻雜著許多古怪的高句麗記事符號，徐真也是不得其解，正在絞盡腦汁推敲著，門外卻響起了腳步聲。

徐真當即警覺起來，卻聽到高惠甄用高句麗語問自己安歇了沒有，徐真連忙打開門，見得果然是高惠甄，見她提了食盒，就讓她進了房間。

高惠甄也是直爽之人，加上喝了一些酒，將自己為何會出現在都督府的緣由都說了，並拋棄了成見，向徐真表示歉意。

徐真也不是狹隘短視之人，知曉圖壞形勢刻不容緩，大度地表示無妨，高惠甄見徐真如此寬容，心裡大喜，忙取出酒菜來與徐真共飲。

兩杯酒下肚之後，話也就多了起來，徐真趁機求教經書上的符號，高惠甄對傳統王族教導並不感興趣，但就是喜歡研究這些神鬼傳說異聞，難得見識燧洞殿的經典，她也是歡喜難耐，與徐真共同參詳。

這一來一往，始覺徐真魅力無窮，而徐真眼中，這位郡主充滿了野性和貴氣的詭異卻又完美至極的搭配，越看越是喜歡，二人不免貼近了身子。

高惠甄剛剛沐浴完，身上幽香撲鼻，散發著陣陣少女的溫熱，徐真頓時心猿意馬，高惠甄抬頭看時，正好與徐真四目相觸，二人都從對方的眼眸之中感受到了極度的渴望，猛然抱在了一起。

燭火不知如何就滅掉了，房間之中開始瀰散著一股股曖昧旖旎的汗香味……

徐真這邊乾柴烈火熊熊燃燒，高履行這廂何嘗不是口乾舌燥心急火燎？自從見到高惠甄的第一眼開始，他就被這位高句麗郡主迷得神魂顛倒。

他高履行什麼女子沒耍過？如今見到尋常女子都不再心動，只為滿足身體需求罷了，今晚見得高惠甄，卻是將他的魂兒都給勾了去。

他本就是個膽大妄為之人，也不與張儉知會，便塞給了那婢子一包西域胡僧處得來的藥散，這藥散混入酒液之中，但有服用，無論男女，再如何貞烈也要把持不住。

此時他正在房中喝酒熱身，見得婢子回來稟報，說高句麗郡主已經飲用了美酒，心頭頓時邪火熊熊，可又擔憂藥效沒那麼快奏效，萬一郡主鬧將起來，須是不甚光彩，於是又等了小半個時辰，這才興致勃勃地往高惠甄的客房走去，這褲襠鼓鼓囊囊一路疾行，心頭急切，別提有多難忍。

好不容易來到高惠甄房門前，他還故作姿態輕輕叩門，見裡面沒了動靜，心頭大喜，推門而入，卻不見了人影！

「人呢！」

他如同發怒的雄獅一般抓住那婢子，婢子又如何知曉高惠甄去向，只顧著一個勁落淚，嚇得簌簌發抖，真後悔不該給高惠甄下藥。

高履行興頭已經上腦，周遭房間早已熄了燈火，都督府客房不下數十，這一間間尋得來，動靜又太大，想著今夜好事不成，遂將邪火都發洩到了那婢子的身上。

他見得高惠甄換下來的衣物還留在房中，遂命那婢子穿了高惠甄的衣服，狠狠的蹂躪了一番，這才滿足地離開了房間。

這婢子早就習以為常，將高惠甄的衣物疊放好，默默離開了房間，想起高履行都督那小拇指般的話兒，心頭鄙夷不止，欲求不滿，又偷偷鑽到柴房去，與那健碩伙夫胡天胡地去了。

徐真哪裡知道這其中發生了如此曲折的事情，一覺睡到天亮，只覺頭腦昏沉，腰身背痛，手腳虛浮，渾身乏力，突然想起昨夜之時，慌忙掀開被子，果見床上一朵血牡丹悄悄綻放，格外的刺目。

細細回想起來，真真是讓人回味無窮，然他畢竟跟劉神威學習過醫藥，又跟摩崖研究過西域藥物，起身嗅聞了一下那酒壺，就明白過來，高惠甄是否心甘情願不得而知，但這酒水，確實肯定被下過胡藥無疑。

高惠甄也是懊悔不已，她雙腿發顫，走路都還不自然，想起醒來之後發現徐真摟抱著自己，她也是羞臊得無地自容，思來想去，很快就發現了問題的所在，然而她卻不能因此事而大鬧一場，否則結盟之事可就泡湯了。

可事情再清楚不過，這都督府之中有人垂涎覬覦自己的美色，若還在此停留，她哪裡敢保證自身清白不會被別人奪了去？

被徐真奪了還能接受，因為經歷了昨夜之事，她才發現和承認了自己對徐真的感覺，可若換了別人，那可就是百死莫贖的恥辱了。

念及此處，她囑託了那通譯一番，匆匆離開都督府，回到了折衝府衙門，這裡有徐真的諸多弟兄，有一百高句麗燧洞護軍，自然是放心無比。

高惠甄前腳剛走，三百里加急的兵部軍文，就下發到了營州都督府中。

第一百六十二章

大唐雄師駐軍圖壞

五月初，雨水淅瀝瀝，諸事不宜，營州都督張儉閒坐獨酌，頗有知我者謂我心憂，不知我者謂我何求的姿態，高履行姍姍而來，見得張公如此憂懷之態，心中也是冷笑不已，你我皆是坐享其成罷了，又何必故作高張？

然此話終歸不能明說，笑融融寒暄了一番，下人知情識趣添了杯盞筷箸，二人對酌賞雨，好是附庸風雅。

念起高句麗郡主冒雨而走，高履行也是心緒不佳，好在張儉已經將結盟之事連夜記錄，一大早就命快馬送往洛陽，今番也多虧了徐真，自己不費吹灰之力，就得了這莫大的功勞。

此二君想起徐真還遭軟禁於客居院落之中，只能朝廷發落，而他二人卻閒適舒坦地飲酒賞景，靜待功賞，如此對照，真真叫人心頭舒暢萬分，似乎先前與徐真的齟齬，也並非那麼讓人怨恨了。

正竊竊笑談徐真之事，府中執事卻冒雨從外面滾了進來，只說府軍衙門的人又來鬧事搶人了！

張儉與高履行勃然大怒，這等目無長官，視軍法國律於無物的行徑，不懲戒一番不足以振軍威也！

這兩位好歹是幽營二州的都督，三番兩次被徐真踐踏顏面也就算了，連徐真的屬下都如此蠻橫，他們又如何不怒！

「來人！召集軍士，跟本都督出去，將這等亂兵都給拿了！」

都督府中的護軍轟隆隆集結起來，足足二百之數，於雨中肅立，披甲按刀，趕到都督府門前，果見得周滄和薛仁貴等諸人靜立府前，淅淅瀝瀝的雨水打在他們的鎧甲之上，如荷葉上的露珠一般站不住腳，就好似被諸人的氣場排開一般。

「爾等欲反耶！」

張儉站於府階之上，指著周滄等人罵道，都督府的護軍齊刷刷抽出刀劍，鏘鏘之聲不絕於耳，殺氣頓時瀰散開來。

周滄和薛仁貴等武將皆不能忍，張久年卻按下諸人，緩緩上前來，朝張儉行禮道：「都督息怒，我等並非喧鬧，只是要迎回我家主公則已。」

雖然張久年有禮有節，然張儉怒火中燒，哪裡會給好臉色，高履行仗勢欺人，跳腳罵道：「爾等這般不開眼的狗奴！徐真罔顧軍法，擅自行動，延誤募兵時機，兵部文書都還未下來，你們還想著要接他回去？簡直是癡人說夢！」

張久年也不與之爭論，只是淡笑著道：「兩位都督還請見諒，都督府未有收到兵部文書，我折衝府軍衙門卻收到了兵部的行文，相信都督府的軍文也很快會抵達，吾等諸多弟兄，只是等著主公被釋，並非逼迫，更無喧鬧之意。」

張久年言畢，張儉與高履行也是相視一眼，皆看出了對方眼中的疑惑來，這兵部下發軍文，為何不先到都督府，卻是先到了折衝府衙門？

周滄等人只是冷眼相看，甚至連腳步都不挪動，想來是篤定了徐真今日必能被釋了。

「哼！徐真違犯軍令，已然是定論之事，想要從都督府走出去，此乃笑話，你們想等便等罷。」

張儉見周滄等並非要搶人，心頭也煩悶，就要拂袖離去，然一陣急促的馬蹄聲傳來，都督府門前道路的盡頭，一匹驛馬如黑色的閃電一般疾馳而來，果真有兵部軍文送來！

那驛兵也不敢拖遝，滾鞍落馬就呈上軍文，張儉眉頭緊皺，查驗了一番，確是兵部軍文無疑，可打開一看，表情卻凝固了起來。

「這！這不可能！怎會如此這般！」

高履行見張儉有異，慌忙搶過軍文來，只掃了一眼，心頭頓時如遭雷擊！

「著徐真為遼東道行軍總管！節制幽營二州兵馬，即日入遼！這到底是怎麼一回事！」

張久年等一干弟兄見二人被一紙軍文震懾得面無血色，心頭無不振奮欣喜，真真是揚眉吐氣。

「都督府重地，我等卑微，卻是不敢入內，勞煩二位都督將行軍總管給放出來，免得耽誤了遼東戰事。」

張久年特地加重行軍總管四字語氣，張儉與高履行怒髮衝冠，卻又無可奈何，這張儉也還好，念及今後要屈居於徐真之下做事，生怕徐真報復，也就只能忍了這口氣，而高履行依仗父輩權勢，卻仍舊不肯相信。

「此事必有蹊蹺，待我發書詢問清楚，再跟你們算帳！」

高履行撂下狠話來，帶著隨從憤憤離開了都督府，而張儉無奈，撤了護軍，自己垂頭喪氣地到客居院去請徐真，一時羞憤難當，真真是奇恥大辱。

本以為將徐真拿了回來，能夠借助此事扳倒徐真，又有長孫無忌和太子殿下在洛陽籌謀，必定能夠除去這根肉中刺，哪裡想到峰迴路轉，上頭非但沒有處置徐真，反而授了他行軍總管的權柄。

徐真本就幫助高仁武拿下了圖壤，如今得了行軍總管的軍權，又節制幽營二州兵馬，若順利進駐圖壤，遼東之戰的首功，儼然已經被徐真拿下，而且根本就是唾手可得。

若徐真在遼東之戰中立下不世之功，今後想要排擠他，可就更加的困難了。

張儉一邊走著，心頭不斷翻滾，想那徐真本只是個不入流的小武侯，這才短短兩年不到，就踏入行軍總管的行列，朝中公侯貴冑，哪個不是當年跟隨聖上四處征伐，從龍有功的老臣，放眼整個大唐，何人有如此際遇，在兩年不到的時間之內，走完了別人大半輩子才能企及的晉升之路。

此番征遼，皇帝陛下御駕親征，可謂精英盡出，刑部尚書、鄖國公張亮為平壤道行軍大總管，左領軍常何、瀘州都督左難當為平壤道行軍副總管，英國公李勣為遼東道行軍大總管，行軍副總管本該由江夏王李道宗來擔當，奈何此公前往吐蕃送親未歸，只能空缺。

而諸如張士貴、執失思力、契苾何力、姜行本、吳黑闥、李元正等，皆為遼東道行軍總管隸之，如今徐真得了行軍總管的職，可就真真踏入了一流武將的行列了。

念及此處，又叫他張儉如何不挫敗？

到了徐真房前，張儉死死捏著拳頭，緊咬了牙關，最終還是換上一副笑臉，叩響了徐真的房門。

徐真經歷昨夜的良宵美事，也是留戀紅床笫，晚睡梳洗遲，見得張儉上門，卻是笑容滿面，想來自己的佈局已經是見效了。

果不其然，張儉訕訕著將兵部的公文奉上，尷尬地解釋著，徐真表面上故作寬大，然私底下卻憂心忡忡。

因為史料所載，刺探遼東地勢形態，獻上輿圖的不是別人，正是眼前的張儉。

他徐真一番誤打誤撞，救出了高句麗銀珠郡王高仁武，又帶領反抗軍拿下了圖壤，獻上了輿圖，實則是將張儉的功勞給搶佔了過去，也不知今後會發生怎樣的連鎖反應，到時候如何收場還是個問題。

這張儉雖然心胸狹隘又膽小怕事，卻也並非一無是處，今後說不得要給他補回一份功勞，故而徐真並未趁機落井下石，反倒笑吟吟地體諒了一番，給了張儉好大一個臺階可下。

張儉本以為徐真會趁機嘲弄自己，沒想到徐真如此寬容待人，心裡越是羞愧，想起種種齟齬，皆出自長孫無忌的指使，卻是將自己坑害得好生慘澹，細想一番，對徐真的仇怨也就冷淡了下來。

周滄等人自是歡歡喜喜將徐真迎回衙門，有了行軍總管的權柄，連忙將幽營二州的兵馬都集結起來，又將地團的府兵都招募過來，林林總總共計五千餘人，也算是大軍在握了。

五月中旬，徐真命張儉坐鎮後方，籌備和輸送糧草軍械，自己則帶領周滄、薛仁貴、謝安廷等猛將，渡過遼水，正式進駐圖壤。

高仁武見得徐真帶來三千精銳，大喜若狂，圖壤軍民無不歡慶，舉行了盛大的歡迎儀式，皆稱徐真部為大唐雄師。

徐真的燧神祭司之名早已傳遍反抗軍，信徒皆稱其為「燧氏蒙」，如今又帶領大唐天軍前來援助，出師有名，榮留王的殘部以及諸多支持正統的反抗軍，無一不將徐真本部人馬視為仁義王師，沿途簞食壺漿，夾道歡迎，大唐軍士自是與有榮焉。

徐真以德報怨，寬仁以待，命張儉負責極為緊要的後方補給，這張儉果真知恩圖報，軍資從未緊缺，而且還及時傳遞軍報軍令，也讓徐真頗為欣慰。

五月下旬，軍報再度傳來，聖上率六軍和司徒長孫無忌等文武百官，離開洛陽，前往定州，宋國公蕭瑀留守洛陽。

數日之後，聖駕抵達定州，聖人命太子李治監國，並擔負六軍後勤，太子太傅高士廉、劉洎、馬周、張行成、高季輔等人輔之，聖人則帶領長孫無忌、岑文本、楊師道、尉遲敬德、劉弘基、閻立德等繼續前行，十日之後，聖駕抵達幽州。

其時中書令岑文本神情頓竭，言辭舉措，頗異於平常，聖人憂之，未出三四日，岑文本暴斃，聖人大慟，追贈侍中、廣州都督，謚憲，陪葬昭陵。

悲憤之際，聖上命長孫無忌於幽州城南祭旗誓師，犒賞六軍，命行軍大總管李勣率軍先行，而與此同時，唐軍入駐圖壤的消息，也終於傳到了泉蓋蘇文的耳中，蓋牟城的高句麗軍隊，正式向圖壤小城發動了猛攻。

第一百六十三章

蓋牟城軍前來圍困

高句麗蓋牟城之中，耨薩[3]高延壽大發雷霆，旋即點將出兵，集結了二萬餘人，氣勢洶洶往圖壤撲殺而來！

因有高仁武的反抗軍，斥候們很快就將情報送到了徐真這廂，徐真不敢大意，連忙召集將士議事。

諸多將士聽聞敵軍有二萬餘人，也是嚇得倒抽涼氣，然高句麗人口雖多，鎧甲武器卻極為匱乏，只有將領才能用上前隋時期繳獲的明光甲和長槊，尋常兵士都只是一些竹木所製的槍矛弓箭，戰力並不是很強。

可徐真所領府兵也只有五千餘人，雖裝備豪華，人數上卻遠遠不及，高仁武的反抗軍雖然為數不少，然大多出身流民，只有少數榮留王殘部軍士，武器戰力遠遠不如高延壽部，一番統計下來，也就二千可用之兵。

以七千對陣兩萬，實在由不得人不驚慌，這圖壤城又簡陋，城牆低矮腐朽，城防幾近於無，好在徐真本部人馬還有一些拋車和驚蟄雷，又命張儉在後方緊急地打造。

經過徐真一番戰力分析之後，將士們也穩定了心緒，紛紛出謀劃策，高任武的部隊戰力不行，對高句麗軍隊的戰術和戰技卻極為熟悉，為徐真提供了極為重要的資訊。

圖壞城中的百姓一致擁戴銀珠郡王，可謂全民皆兵，雖無法上陣殺敵，充當輔兵幫助守城卻是不二選擇，城中居民自發組織起來，為將士們提供飲食補給，城中氛圍既壓抑緊張卻又有條不紊。

有張久年這等內政謀臣的指揮，諸方按部就班，並未出現太大的騷亂。

過得兩日，斥候終於傳回軍情，蓋牟城方向出現大量高句麗官軍，浩浩蕩蕩，果真有兩萬之眾。

徐真本想用奇兵攔截，依仗驚蟄雷的威勢，主動出擊，或許能夠將高延壽的部隊打個措手不及。

然而圖壞軍力本就不夠，若分兵截殺不成，突擊的奇兵也就有去無回，驚蟄雷一旦消耗乾淨，圖壞必定一擊即潰。

如此一來，徐真只能一面發信求援，一面積極組織軍民防守城池。

註

3 耨薩，即酋長，相當於大唐的都督。

過得正午，天空突然變得陰暗，大團大團烏雲如浸飽了墨汁的大棉被，低低地壓在城頭之上，無論是唐軍還是反抗軍，都感受到一股濃烈之極的血腥味。

徐真一身紅甲，背著雕弓，手按長刀，凱薩緊隨身側，未免有所閃失，徐真已經讓張素靈跟著金姝，躲到了燧洞殿之中，與諸多城民一同避難。

神火次營的弟兄們將拋車全數搬上了城頭，分守四門，幽營二州的府兵分兵駐守，尤其加強了南門的防禦，徐真還偷師了慕容寒竹在甘州的計策，將城門都暫時封死，以加強城防。

「轟隆！」

一聲炸雷突兀響起，諸人心頭一驚，大雨嘩啦啦潑了下來，疾風吹襲，城外的竹林和樹木都搖擺起來。

圖壞城外的地勢並不開闊，這也是徐真沒有安排騎兵伏擊的原因，他抬頭仰望了天空，雨水如銀線一般傾瀉下來，若非兵臨城下，倒也是一場極美的豪雨了。

徐真剛想收回視線，卻發現天空之中出現大片白點和黑線，借助大雨的掩蓋，依仗著風勢，向圖壞城這邊吹襲過來！

「是弓箭！防禦！防禦！」

徐真猛然醒悟，慌忙傳令下去，唐軍舉起隨身圓盾，反抗軍將早已準備好的藤盾都舉了起來，人就躲在藤盾之下。

「咻咻咻！」

破空之聲壓過了雨聲，白羽竹箭如蝗群一般落下，大部分都落在了城牆外，而少部分雖借助風勢射落城中，卻已然是強弩之末，借著下降的勢能，噗哧哧亂響，城中頓時響起接二連三的哀嚎聲！

「轟隆！」

又是一聲炸雷，一群群高句麗士兵從竹林和樹林之中衝了出來，四面八方如潮水一般，居然分了四個方向，打算將圖壞城一舉蕩平！

徐真探頭一看，對方一邊衝鋒，一邊射箭，圖壞城中的士兵居然無法抬起頭來。

高句麗人皆擅長射擊，這些竹箭雖然脆弱，製作卻非常地有水準，箭桿筆直，箭簇鋒銳，空氣阻力極小，加上高句麗人精妙的箭術，如今被他們掌握到了弓箭的射程，圖壞軍頓時被死死壓制！

「次營！預備！預備！」

到了這等危機時刻，徐真也只能出動拋車和驚蟄雷，希望能夠好好震懾一番，將敵人的第一波進攻給逼退。

好在徐真這次帶來的不是真武大將軍那樣的火炮，否則這大雨天還真是毫無用武之地，這驚蟄雷乃徐真跟姜行本研發出來的神雷，並不需要點火，而是借助內部燧石相擊而引爆。

只見徐真傲然立於雨中，猛然抽出長刀來，遙指城下潮水一般洶湧的敵軍人流，口中暴喝道：「放！」

「嘭嘭嘭！」

拋車發出一聲聲悶響，一顆顆驚蟄雷破空而去，劃過完美的弧線，精準地落入了敵人的核心之中！

「轟轟轟轟！」

恐怖的爆炸四處引發，如同鞭炮在螞蟻堆之中炸開了一般，城下的敵人由於太過密集，頓時屍骨橫飛，每一顆驚蟄雷都不知帶走多少人命！

城中的反抗軍和輔兵們見識到如此一幕，連魂魄都被徐真的英姿給震撼住了！在他們的眼中，徐真高舉長刀，那驚蟄雷如同天上落下去的一道道雷霆，瘋狂收割著敵人的性命。

高延壽坐鎮後方，自覺小小圖壤城，根本就不需要他親自出馬，只覺得是殺雞用了牛刀，從情報來看，圖壤城除了一個銀珠郡王，聽說還有一位被尊稱為「燧氏蒙」的燧洞殿祭司，也正是這位祭司將大唐的軍隊帶領了過來。

他高延壽身為耨薩，對祭司向來充滿了敬意，如今見得圖壤城頭站著的紅甲將軍，心頭不由一滯！

「這就是那位燧氏蒙……」

可就在徐真揮下長刀之時，一道道黑影頓時從天而降，居然紛紛在軍陣之中炸開，真真如天雷降臨一般驚天動地！

高延壽被這突如其來的一幕震懾得目瞪口呆，他並不比圖壤城中的高句麗人鎮定，而衝鋒的高句麗士兵更是嚇得肝膽俱裂，皆以為圖壤城之中那位「燧氏蒙」能夠操控天雷，頓時紛紛後撤，亂成一團。

沒有人能夠想到，這志在必得的第一波衝鋒，就這麼被徐真的驚蟄雷給逼退了。

整座城池沸騰了！

趁著高延壽部敗走，無暇進行射擊壓制，圖壤城內的士兵們終於放下了盾牌，用漫天的箭雨予以還擊。

那些疲於奔命又嚇破了膽子的官兵哪裡還有半點回頭的勇氣，被圖壤城的箭雨潑灑下來，轉瞬間又留下了滿地的屍體。

看著倉皇逃命的敵人，圖壤城的士兵們山呼海嘯一般歡呼起來，無論是高句麗人，還是幽營二州的府兵，他們都呼喊著同一個名字：「燧氏蒙！燧氏蒙！」

徐真儼然成為了圖壤城所有人的偶像，就像以一己之力召喚了天神之力，擊退數以萬計大軍的神仙。

然而徐真並沒有被暫時的勝利所蒙蔽，因為他知道驚蟄雷數量有限，而等敵人反應過來之後，也一定會察覺到這一點，哪怕沒有察覺到這一點，對方就算用人命來填，總是會將驚蟄雷給徹底耗盡的。

果不其然，在經歷了短暫的驚慌之後，高延壽的軍隊再次集結起來，並發起了更加猛烈的衝鋒。

這一次猝不及防，讓徐真的驚蟄雷轉眼之間就留下了三四百人，圖壤城的箭雨又射倒了近乎一百多，受傷者更是不計其數，高延壽又如何能忍耐得住。

他乃堂堂北部耨薩，本將圖壤這彈丸之地視為無物，想著一擊即潰，哪裡知道這城中居然有高人坐鎮，徐真的驚蟄雷顯然將這位傲氣的耨薩給徹底激怒了。

士兵們已經心驚膽戰，然而架不住督軍隊的瘋狂處決，橫豎都是死，只能硬著頭皮往前衝。

這一次徐真也不敢再濫用驚蟄雷，只讓弟兄們死死防禦，盾牌上插滿了白羽，如同發怒的刺蝟一般。

唐兵的盾牌防禦能力強悍，排成了盾牆頂在前面，後方的弟兄開始用弓箭進行反擊，唐兵還好，有著厚重的鎧甲防護，那些高句麗反抗軍只要一冒頭，就會被亂箭射倒，好在唐兵個個都是悍不畏死的好兒郎，頂在前面，不斷用弓箭進行反擊。

高仁武與高惠甄親冒箭矢，利用精準絕倫的箭術予以還擊，薛仁貴和謝安廷等也都不甘人後，然而終究是架不住對方人多勢眾。

眼看著敵人漸漸接近城牆，扛著竹木雲梯的攻堅隊伍已經借著弓箭的掩護衝了上來，徐真再也顧及不了這許多，雕弓嗡嗡作響，又射倒數名敵人，箭壺一空，徐真不得不咬牙做出了抉擇。

「放雷！」

拋車再次發動，驚蟄雷轟隆隆又將敵人衝鋒的先鋒炸了個稀爛，爆炸的衝擊波蔓延開來，彈片四處橫飛，死傷者無可計數，更重要的是，敵人再次被驚蟄雷的滔天威勢給震懾住了。

只是這種震懾作用已經失去了首次的驚豔，高延壽的督軍隊從後方逼迫上來，這些高句麗官軍走投無路，只能嗷嗷叫著，再次發動了衝鋒。

而這一次，徐真的驚蟄雷，已經徹底耗盡了！

第一百六十四章

城下大戰弟兄回歸

這人力有時而窮，但求盡人事而待天命，坐吃山空立地吃陷，驚蟄雷也不是無窮無盡的揮霍之物，炸退了兩波進攻之後，驚蟄雷終究是告罄了。

徐真自然很清楚驚蟄雷的儲量，此等神奇雖威力巨大，但製作起來也是極為消耗物資，在圖壞城這種小地方，自然不可能短時間之內得到補充，刻下沒有了驚蟄雷的震懾，高延壽的人馬開始對圖壞城展開了瘋狂的進攻！

依仗著驚蟄雷的無匹威勢，徐真部的人馬已經殲滅了數百敵人，然而對於足足二萬人馬的高延壽部而言，這數百人根本傷不了他的根基。

這些高句麗官軍在督軍隊的死命催促之下，又懷著袍澤被殺的入骨仇恨，氣勢洶洶殺氣騰騰，發動了新一輪的衝鋒。

徐真本部人馬排成了盾牆，抵擋著敵人的漫天箭雨，後方的弓手陣營見縫插針，予以還擊，雖然射落了不少敵軍，然而終究是杯水車薪，圖壞城就如同洪水潮頭前的蟻巢，隨時有被蕩平的可能。

高句麗的官軍借助箭雨的掩護，終於將十幾架雲梯搭上了城頭，徐真這邊也不甘示弱，早已將滾石落木和沸油金湯都搬運到了城頭，冒著如雨的白羽傾瀉而下，攻城的敵人如筷子上的螞蟻一般被刮了下去。

然而這些官軍也是到了拚死的時刻，抓住空檔就不要命的衝上來，徐真長刀揮舞出一片銀光，將羽箭全數撥開，掩護著周滄，周滄力大，將那雲梯給蹬翻了下去，雲梯上的敵軍拚命掙扎，又累及旁邊的一架雲梯，糾纏在一起倒了下去，又將敵陣壓出兩片空白來。

趁著混亂之際，城頭的防禦兵從盾牆縫隙之間伸出一根根長槊，將欲登上城頭的敵人全數刺落，雲梯紛紛被踢翻了下去，高延壽部的雲梯作戰計畫再次以失敗告終！

沒有了雲梯，這些軍士又被城頭的弓手一番攢射，死傷不可計數，屍體堆滿了城下。

高句麗軍隊對攻城本無太多的策略，然前隋煬帝三次征遼，這些高句麗人也是久病成醫，吸收了隋朝軍隊的攻城法子，如今雲梯無效，也是生搬硬套，砍伐了諸多竹木來鋪墊，又命諸多民壯和輔兵搬運砂石，居然想要堆累一條魚梁道來！

這魚梁道乃見於隋煬帝征遼之時，用布袋裹砂石，堆累出一條通往城頭的斜坡大道，便於衝鋒攻城，如今雙方人數懸殊，高延壽若成功堆累出魚梁道來，圖壞被破也不過是片刻之間！

張久年深諳此道，高仁武和薛仁貴等也都是將帥之才，哪裡會讓敵人得逞，連忙命人將準備好的石塊都搬上拋車，往敵人後方吊射。

敵軍的民壯和輔兵沒有任何防禦，連藤鎧都不曾得穿，被天上紛紛落下的巨石砸得稀爛，雖然威力比不上驚蟄雷，但現場仍舊是血肉橫飛，高延壽也是暴跳如雷。

因為求功心切，輕視了圖壞守軍的力量，他從蓋牟城率軍而來，輕裝簡行，輜重並不多，但床弩等攻城器械還是有一些，此刻當即命人推到前面來，往城頭發射了出去。

「嘭嘭嘭！」

圖壞城的城牆並不高大，年久失修，更是脆弱，被對方床弩和拋石車一番轟炸之後，城垛都矮了一半。

高延壽見此情景，心頭大喜，眼看著勝利在望，一股豪氣油然而生。

徐真眉頭緊皺，命拋車掉轉方向，專門攻擊對方的拋石車和床弩，然而城中準備的巨石已經不多，張久年急中生智，命輔兵將城中的石磨石舂全數搬運出來，當成炮彈來用。

此舉果然見效，當即轟塌了敵人三架拋石車，然而對方的人數實在太多，圖壞守軍根本就無法阻擋，高延壽的人馬借助拋石車和床弩的掩護，又開始了魚梁道的鋪設。

對方也是傷亡慘重，然而高延壽打定了主意要徹底拿下圖壞城，從未間斷過對城池的衝擊，而徐真這邊卻是消耗嚴重，城中儲備早已一空，情勢危急之極。

眼看著敵人的魚梁道不斷的往城頭這邊拔高和延伸，城頭軍士的弓箭卻越來越少，在對方的弓手和床弩拋石機等攻擊之下，弟兄們也是死傷甚眾。

正當此時，高延壽部隊的後方卻殺出一彪人馬來，清一色的騎兵，鎧甲鮮明，長槊耀眼，看著就是一支精銳之師，領軍者使一柄特製的寬刃橫刀，一副虯髯分外惹眼，不正是與徐真有過齟齬的營州府司馬韓復齊。

此君出身遼西綠林，也是驍勇善戰之輩，收到情報之後，拋棄了前嫌，聽從張儉之命，將都督府的二百護軍都調了出來，一路馳騁至此，果見徐真率部苦苦支撐，圖壞卻是岌岌可危！

這二百護軍雖然人數上沒有絲毫的優勢，但全身武裝卻異常的精良，韓復齊一馬當先，二百騎兵如滾滾鋼鐵洪流一般撲殺過來，撕開了敵人的陣型，如犁開平湖的鋼鐵船頭一般，當即衝殺出一條血路來，直奔對圖壞威脅最大的床弩和拋石機而去。

韓復齊一刀揮出，對面一名迎戰的渠帥被打飛了兵刃，馬匹與韓復齊擦肩而過，後者回頭再一刀，將敵人斬落馬下，一路衝殺，無人能擋，弓箭手怕誤傷了同袍，也不敢輕易漫射，一些精準射手想要冒險放冷箭，卻被隨之而來的騎兵隊沖亂了陣型。

那些個床弩和拋石機就在陣列的核心之中，韓復齊的騎兵隊雖然鋒銳難當，可到了軍陣之中，卻不斷受到阻礙，如陷入泥沼一般，攻勢很快就被減緩了下來。

好在床弩和拋石機周圍的護軍並不多，韓復齊一番衝殺之下，這些軍械終於停止了運作。

徐真在城頭看得清楚，見韓復齊只領二百護軍都敢冒死衝鋒，心中對他的厭惡頓時煙消雲散！

如今敵軍大亂，正是主動衝鋒的好時機，若遲疑片刻，韓復齊這二百騎兵可就要被對方吞沒掉了。

韓復齊主動冒死來救，徐真又豈能眼睜睜看著對方死在軍陣之中，當即揮刀發令道：「開城！衝鋒！」

高仁武難免皺了眉頭，韓復齊視死如歸來救，確實讓人感銘肺腑，徐真知恩圖報，不願看著韓復齊和二百騎兵白白犧牲，也是情有可原，可徐真卻沒有考慮到一個問題，那就是草率衝殺出去，若不能成功打退敵軍，圖壞城可就完了。

城池被攻破之後，城中這許多軍民必定要遭遇荼毒，為了救二百騎兵而視全城軍民的性命于不顧，徐真何其愚蠢也！

然而徐真也有著自己的顧慮，若坐視韓復齊的隊伍慘死，軍心士氣必定大大受挫，高延壽的隊伍再次衝擊，沒有了遠處攻擊力量協助的圖壞城，又怎麼可能再守得住？

既是如此，還不如借助這股士氣，主動出擊，趁亂搏殺一番！

徐真一馬當先，周滄緊隨其後，五千唐兵紛紛上馬，從城內撞了出來，朝高延壽的部隊發動了自殺式的衝鋒。

敵軍本就被猝然而來的韓復齊打了個措手不及，沒想到徐真居然會放棄防禦，採取了主動攻擊。

進攻就是最好的防禦，雖然有些劍走偏鋒，然而事實證明，徐真的果決是非常正確的。

五千大唐騎兵轟隆隆敲擊著大地的脈搏，單憑這股氣勢，就已經將絕大多數敵軍嚇得屁滾尿流。

這些唐兵都是經過冬季訓練的府兵，作戰素養自不用說，如今破釜沉舟退無可退，一個個視死如歸，身上裝備有精良之極，遠勝敵軍數十倍，此消彼長之下，衝鋒的成效異常顯著，密密麻麻的敵人陣營頓時被踐踏出讓人心驚的血路來。

韓復齊見徐真親身涉險，率隊來救，心頭頓時一暖，想著也不枉自己拚死援助，手下護軍更是一個個如狼似虎，在敵陣之中四處衝殺，簡直如同砍瓜切菜。

高延壽心頭大駭，連連發出數道命令，然而部隊混亂不堪，連督戰隊都被韓復齊的騎兵給絞殺了一通，哪裡還能組織起戰鬥的秩序。

「都給我頂住！頂住啊！」高延壽一挺長槊，拍馬上來，殺向了徐真，後者毫無畏懼，揮舞著長刀就跟高延壽纏鬥在了一處。

這高延壽也是高句麗的老將，經驗老道，心狠手辣，又依仗長柄兵器的優勢，居然跟徐真鬥了個不分上下！

周滄見自家主公要吃虧，門板一般的陌刀四處揮舞，鮮血當空噴灑，也不知斬落多少人頭，他的大腿和後背都插著箭桿，顯然被暗箭傷了不止一次，然而憑藉周滄驍勇拚死的個性，這些箭傷又算個甚。

高延壽佔據了上風，心頭正歡喜，只要將徐真斬落馬下，圖壞城下必定群龍無首，這一場戰鬥也就要提前落下帷幕了。

然而正當此時，一名高大的唐軍騎著一匹罕見的吐谷渾龍種良駒，如黑色旋風一邊衝殺過來，沿途軍士紛紛倒地，居然無人能攖其鋒芒，正是前來護主的周滄。

「鐺！」

周滄的陌刀帶著開天闢地的威勢斬落，高延壽只覺虎口一痛，長槊已經被打飛出去，周滄刀頭再次劈過來，高延壽嚇得魂飛魄散，慌忙低頭躲避，周滄座下龍種良駒習慣了作戰，唏律律嘶鳴，人立而起，將高延壽踢落馬下。

高延壽的護軍拚死了十餘條人命，才將自家主將給拖了出去，又重重保護起來，往後方撤退。

主將失利，敵人如狼似虎，蓋牟城的官軍肝膽俱裂，哪裡還有再戰的勇氣，紛紛往後逃亡。

可就在這個時候，後方又是湧出大隊人馬來，為首一降年少勇武，乘騎著一匹栗色純種大馬，讓人吃驚的是，他的身邊卻跟著一頭半個馬頭這麼高大的銀色巨狼。

這少年猛將的身邊乃是一名異常高壯的異族將領，拖著一柄沉重的鐵蒺藜骨朵兒，滿身殺氣四處瀰散，讓人毫不畏懼。

此二人不正是胤宗和高賀術麼！

而他們的身後，乃是接近兩萬之數的契丹、奚、靺鞨等部族的騎兵。

第一百六十五章

全城歡慶敵人夜襲

且說胤宗本是薩勒族的少年英豪，而高賀術又是柔然猛士，投了徐真之後更是如魚得水，吐谷渾之戰中屢建奇功，到了營州之後本還受了重用，然而張儉貪功又自大，自從得了長孫無忌的囑託之後，就開始打壓徐真的本部兄弟。

胤宗和高賀術被派往契丹等部落聯絡戰力，雖同樣是異族，契丹人卻又看不起吐谷渾出身的胤宗，高賀術這等柔然殘餘更是不入法眼，二人四方周轉不靈，求歸無期。

好在二人到底是彪悍的兒郎，同為部落人士，也不需動用大唐國威，更懶得曉之以理動之以情，二人擺下了擂臺來，在契丹族中接受挑戰，足足六十餘天立於不敗，連勝一百餘人！

雖然最後還是敗給了契丹一位勇士，然二人早已得了契丹人的敬意，這契丹本就臣服於大唐，奈何人口並不多，生活不易，也不想弟兄們到戰場上去送命，故而才拖延了一番。

他們的士兵貴在精悍而不在數量，又聯合了奚、靺鞨等部落，湊足了一萬多兵馬，跟著胤宗和高賀術返回營州。

張儉也是大吃一驚，他本就沒抱太大的希望，沒想到胤宗和高賀術果是不負眾望，居然帶回了一萬餘的兵馬，而且個個都是精兵強將。

此時他剛將韓復齊派遣出去，深知韓復齊這二百人做不得什麼大事，心裡正憂慮，見得胤宗等人帶了軍馬回來，慌忙讓他們二人去救援。

胤宗和高賀術早就收到過徐真的密信，知曉徐真在圖壞坐鎮，沒想到高句麗方面如此快就展開了軍事進攻，當即馬不停蹄就帶兵來救。

二人見得主公身陷敵陣，左右衝突，瘋狂屠殺，一腔熱血頓時被點燃，一聲令下，一萬餘部落騎兵震撼大地，如怒潮一般席捲而來，幾乎瞬間就將高延壽的人馬沖潰，馬匹踐踏，長槊上下翻飛，騎兵所過之處，大地都被鮮血浸潤，肥沃的黑土浸飽了鮮血，就好像踩上一腳，都能冒出血沫來。

部落軍的戰馬身軀龐大，極具力量，騎兵們又久經馬戰，斬馬刀和長槊揮舞得風生水起，所過之處無不血肉橫飛，更有敵軍被長槊挑飛起來，還未落地就已經被亂刀砍成齏粉，簡直殺得敵軍片甲不留。

敵軍聞風喪膽，只能保護著高延壽往玄菟城後撤，徐真這廂士氣大振，三路人馬集結在一處，又是好一番掩殺，直至暮色降臨，這才鳴金收兵。

回了圖壞之後，軍民無不歡慶，粗粗清點一番，此役斬首二千有餘，俘虜敵軍近八千，那些隨軍的民壯和輔兵更是不可計數，加上牲口和糧草，簡直就是一場大勝！

徐真作為行軍總管，權柄在手，此番先犒賞三軍，契丹等部落得了賞賜，全軍歡慶，高仁武和反抗軍也都得了大批的裝備物資，這些都將成為他們復辟的原始資本，對徐真更是心悅誠服。

韓復齊這二百護軍乃是扭轉局面的騎兵，慶功宴上，徐真更是不計前嫌，表彰韓復齊大功，重賞下去，韓復齊也是爽朗，聽聞周滄也是綠林出身，雖曾敗於周滄之手，然江湖兒郎素來豪邁，三兩觥酒下肚，已然開始稱兄道弟了。

徐真跟胤宗等一干弟兄終是重逢，難免一番唏噓，從吐谷渾開始就追隨著徐真的這支嫡親人馬，終於又聚在了一起，而且還多了薛仁貴這樣的猛將，是夜大醉！

全城歡騰了大半夜，戰爭所帶來的陰霾與血腥被歡歌笑舞驅散，軍民終於靜靜睡去，勝利所帶來的喜悅讓所有人都沉浸在了美夢之中。

徐真並未酩酊大醉，頭腦微醺，仍舊保持著冷靜，他挎著長刀，正打算與凱薩巡視全程，卻見得薛仁貴一身白衣白甲，立於城頭之上，如守衛家園的獵鷹一般警惕著城下的黑夜。

無論是胤宗亦或是高賀術，謝安廷還是秦廣、周滄，這一幫弟兄無一不是桀驁不馴的英豪，徐真也擔憂薛仁貴無法與之好生相處，慶功宴上見薛仁貴草草離席，徐真還擔心他無法與諸位弟兄融合。

如今見得薛仁貴盡忠職守，勝不驕縱，哪怕在大勝之後，仍舊保持著足夠的警惕和謹慎，不免生出一股愛惜和敬佩來。

登上城頭，徐真又好生褒獎撫慰了薛仁貴一番，後者連連謙遜，徐真覺得薛仁貴不似平日這般磊落，總覺得面色有異，但又不好相問，只好與凱薩下了城頭，往城主府走。

這才走到半路，見得謝安廷提著食盒興匆匆走過來，見了徐真，只是嘿嘿一笑，指了指城頭的薛仁貴，原來二人早先就決定一同值守，但見敵軍似乎沒有膽色趁機夜襲，謝安廷就想著找些酒菜來對飲，難怪薛仁貴會面色尷尬。

徐真想起薛仁貴那尷尬的笑容，也是哈哈大笑，自與凱薩回了府。

金姝如今已是燧洞殿神女，她本就是富貴出身，將神殿管理得井然有序，加上信徒眾多，影響力已經不可同日而語，若非徐真，她如今只怕是餓死在流民潮之中了。

慶功宴之後，金姝也是心頭蕩漾，想接了徐真回神殿休息，可走到半路的時候，卻發現敏恩郡主居然也正往徐真房間走。

金姝頓時愕然，不過想起高惠甄的身份地位，她最終咬了咬下唇，默默地退了回去。

高惠甄也是鼓起了莫大的勇氣，雖然她與徐真有過肌膚之親，然卻是受了高履行的藥物所激，今次卻是發自內心的衝動。

徐真剛剛洗完冷水澡，雖然清醒了一些，然酒勁還未過，正斜靠於榻上歇息，打算跟凱薩修練雙人瑜伽，卻聽到門外響起輕輕的叩門聲。

凱薩開了門，卻見得高惠甄換下了軍甲，穿著高句麗女子的長裙，傲岸而曼妙的身材居然不輸自己半分。

高惠甄早知凱薩和徐真的關係，見得凱薩在場，雖是意料之外卻又是情理之中，心頭難免失望。

她本是高傲的郡主，先前也是刁蠻驕縱的人兒，不太擅長掩飾自己的心緒和臉色，凱薩是何等玲瓏的心思，從高惠甄的眼神和那羞臊通紅的臉頰，就已經將她的來意看了個通透。

徐真頭疼不已，雖然高惠甄的滋味仍舊在腦中揮之不散，然而凱薩的性子他也是知道的，今夜二女撞在一處，高惠甄的自尊心必定會被挫敗，今後說不得就再難與徐真相好了。

可讓他驚訝的是，凱薩與高惠甄並未發生任何的衝突，只見凱薩難得露出笑容道：

「妹妹要不要進來坐坐？」

高惠甄也是報以微笑道：「姐姐相請，自不敢推辭……」

徐真頓時迷糊了，這到底是搞什麼！

然而他並未察覺到二女眼中那股掩藏起來的濃烈敵意，凱薩從來不輸別人，而高惠甄也自認強硬，想要得到的東西又怎可拱手讓人！

是夜，二女相爭，徐真得齊人之福，妙不可言。

且說薛仁貴在入伍之初並未得到重用，而後投了徐真，這才真正有了用武之地，而同樣勇武的謝安廷起初也不過是西北甘涼邊府的小小縣尉，如今已經成為了徐真不可或缺的左膀右臂之一。

二人境遇相似，又同樣文武雙采，不免情投意合，惺惺相惜，一番對酌也是盡興，遙望遼東大地的黑夜，二人心潮起伏，頗有指點江山之意，趁著酒興，謝安廷遙指丸都城的方向，朝薛仁貴說道。

「薛禮兄，你我相見恨晚，不若就以這丸都城為證，結拜成異姓兄弟，並肩而戰，他日將唐旗插遍高句麗，封侯拜爵，豈不美哉！」

薛仁貴撫掌稱善，二人由是結拜為弟兄，將杯中烈酒一飲而盡，相視大笑。

正熱切之時，薛仁貴卻眉頭一皺，踏上了城頭，遙望圖壤城外的竹海，那片黑夜之中本該有十數點如豆的火光，乃哨站斥候的營地，可如今，火光已然不見了！

「不好！敵人果真要來夜襲！快召集弟兄！」

薛仁貴取了號角就要集結隊伍，謝安廷卻將他攔了下來。

「薛禮兄且勿動手！如今我軍大勝，軍心可用，若吹響號角，敵軍必知曉我城中動靜，也就不敢再來襲營，不若你我悄悄集結了隊伍，等著他來，殺他個措手不及，以絕後患。」

薛仁貴一聽，猛拍額頭，大喜道：「還是賢弟心思活絡！我等速速行動起來！」

二人眼露精芒，將城頭守軍全部動員起來，派人悄悄入城聯絡奇兵，又到城主府去通知行軍總管徐真。

城南的大軍聽說敵人還敢來夜襲，大營之中頓時火熱起來，軍伍之中本禁酒，徐真為了慶祝，也就破了例，諸多士兵酒勁上頭，雖然昏昏沉沉，但膽色卻是大過天，紛紛請戰，一時間殺氣騰騰。

秦廣與張久年見得士兵們如此狀態，哪裡敢擅自讓他們上陣，好在胤宗和高賀術帶來的部落兵酒量過人，可堪一用，遂命部落兵行動起來，馬銜枚，人肅殺，伏於城門兩側。

徐真收到情報之後，馬上起來披掛，凱薩與高惠甄還在相擁而睡，如兩條脂玉的白魚一般，聽見徐真動靜，悠悠醒來，慌忙分開，臉色羞紅滾燙，徐真卻是挎了長刀，回頭嘿嘿一笑道：「二位姐姐稍等，小弟去去就回！」

徐真這邊嚴陣以待，高延壽卻一無所知，他本不願發動夜襲，然而卻收到了一封密信，聲稱圖壤城軍民歡慶，士兵多大醉，正是夜襲的絕佳時機。

念及白日裡的損失實在太慘重，若他高延壽如此這般灰溜溜逃回蓋牟城，今後還有何尊嚴，於是他就召集了剩餘的幾千人馬，將受傷的都遣回蓋牟城，只餘下二千多精兵，趁著夜色奔襲而來。

第一百六十六章

乙支反叛金姝身死

徐真出了房門，夜風吹襲，整個人都顫了一下，酒勁頓時醒了大半，親兵得了徐真的允許，都各自安歇去了，徐真心頭頓時湧起一股不安的直覺來。

這城主府原本乃習武將軍所居，雖是城中最豪華的府邸，努力模仿大唐的建築風格，卻比大唐的建築要遜色，這一路上並未出現巡夜的士兵，兩邊房間也都黑燈瞎火，整座府邸寂靜得讓人心寒。

徐真取了個燈籠，快步往馬坊方向而走，到了地方卻發現馬廄裡空空如也，一股血腥味撲鼻的甜膩，燈籠稍稍提起，見得馬廄之中堆滿了巡夜士兵的屍體，最靠近門口那一具，正是給他報信的那名城頭守兵。

「不好！有內賊！難怪敵人會發動夜襲！」

徐真心頭思緒飛速流轉，一股兇險的直覺直往頭頂冒，他猛然轉身，就要往回跑，然而此時府邸之中陡然沖起一道火光，煙霧很快瀰散開來！

徐真心頭大駭，沿途不斷踢開房門，房間之中居然空空如何，少數房間之中的人，早已莫名被殺死。

「糟了！」徐真一看那大火，正是自己的住所，想來內應之人第一個要解決的便是他徐真，如今他出了門，凱薩和高惠甄卻還在房中呢！

「該死！」徐真大罵一句，撒開雙腳就往住處疾奔，然而剛剛跑了七八步，迎頭便是一隊全副武裝的軍士，為首者正是遭高仁武囚禁起來的習武將軍。

這老小子一聲令下，身邊足有二十人朝徐真衝殺了過來，弓手已經早已拉滿了長弓。好漢不吃眼前虧，徐真猛提一口氣，腳步一擰，縱身一躍，肩頭撞碎門戶，跳入旁邊一個房間之中，身後羽箭咄咄咄咄扎在門板和房柱之上，一支更是射在了徐真的後心之上。

好在徐真披了紅甲，否則這一箭就要了他的命了！

撞入房中之後，燈籠滅了，徐真眼前頓時一黑，習武將軍帶領叛軍湧了進來，火把搖曳，徐真借著火光，看準了方向，又從窗戶跳了出去，前腳剛剛離開，箭雨就將他剛才站立之地射滿了白羽。

這些人是成心要置徐真於死地，根本沒有絲毫的遲疑和留情，徐真頭皮發麻，撞出窗戶之後，踏踏踏上了後院一顆大樹，躍上牆頭，躲在了屋脊後面，再俯瞰府邸，見得自己住處的房間已經火光沖天，濃煙滾滾，喊殺聲震撼夜空。

再看城門方向，激戰已然打響，若不是提前部署了防禦和伏擊，說不得一下子就讓人給破了城也！

習武將軍帶著人追過來，見徐真身影消失在屋頂，慌忙分頭追擊，一時間羽箭漫天飛，徐真連連躲避，倚仗增演易經洗髓內功心法，聚氣輕身，如靈貓一般在屋頂上跳躍，不斷往住處靠近，時不時利用雕弓予以還擊。

且說凱薩和高惠甄見徐真離了房間，二人難免尷尬，慌忙穿衣起身，正欲各自回去歇息，卻見一女子匆匆跑過來，竟然是金姝！

此女本想著要來找徐真，卻被高惠甄搶了先，只能看著凱薩將高惠甄領入房中，腦海裡想著徐真與兒女共處一室的良宵好事，金姝又自艾出身，難免夜不能寐，正輾轉之時，門外卻響起急促的叩門聲，卻是兒子李承俊。

「娘親，他們想要暗殺徐將軍！」李承俊一臉焦急，金姝卻是駭然失色。

「誰！是誰要殺徐將軍！」

「是乙支納威首領！」

「怎麼會是他！」

金姝心思飛速流轉，很快就想通了這一點，乙支納威一直癡迷於高惠甄，然而自從徐真來了之後，所有人都將徐真當成了真正的首領，他作為高貴的乙支家族後裔，卻未得到諸人的愛戴。

反而因為在山寨之時他對諸多流民的欺壓，以至於民心盡失，威信全無，無論是流民還是圖壤城民，都偏向了銀珠郡王，他自是懷恨在心。

最近又見得高惠甄與徐真眉來眼去，白日大戰之時，高惠甄更是緊隨徐真左右，儼然成了徐真的女人，這叫他如何能夠忍受。

金姝也不及多想其中曲折，慌忙帶著兒子李承俊往徐真住處跑來，到了地方之後，發現只剩下凱薩和高惠甄，徐真已經出了門。

金姝頓時就驚慌失措，而凱薩深知徐真的本領，與高惠甄取了兵刃，就要出去尋找徐真，可剛剛推開院落的門，就發現一隊軍士洶湧而來，為首者不是乙支納威又能是誰！

乙支納威見得高惠甄果然在徐真的院子裡，三更半夜的，鐵定是跟徐真一同過夜了，心頭頓時大怒，倒拖了手中長槍就撲殺過來，二三十名隨從知曉首領要生擒活捉，也不敢放箭，只是將諸人團團圍了起來。

凱薩一副雙刃左右上下不斷翻飛，身姿如魅影一般靈動，所過之處無不鮮血噴射，高惠甄心掛徐真安危，一柄古刀鋒銳難當，與乙支納威纏鬥在一處，後者連連大罵質問，高惠甄卻一言不發。

這座城是她和郡王高仁武復辟的原始資本，好不容易才結盟了唐軍，要恢復榮留王的正統，卻被乙支納威這等小人給從中破壞，她又豈能不怒！

然而她到底比乙支納威遜色了一籌，後者長槍翻飛，磕開了高惠甄的古刀，一槍挑破了高惠甄的肩頭。

高惠甄雖貴為高句麗郡主，然一直在流民潮當中掙扎求生，帶領反抗軍不知經歷多少戰鬥，心頭一發狠，左手死死抓住槍頭，右手古刀卻瘋狂地砍向乙支納威。

乙支納威見得高惠甄居然寧死不從，心頭大怒，偏身躲過長刀，一腳踢到高惠甄胸腹，順勢拔出槍頭來，再復一槍，就要將高惠甄刺死當場。

如此生死一線之際，一直被凱薩守護在身後的金姝卻爆發出勇氣來，一頭撞向乙支納威，將他撲倒在地。

她雖然也是富貴人家，但到底比不上高惠甄，徐真想要征伐泉蓋蘇文，作為郡主的高惠甄，可比她這麼一個小小神女的作用要大太多，想起高惠甄和凱薩與徐真共處一室，而自己只能在暗處私下守望傷神，金姝終於鼓起勇氣來，救下了高惠甄。

然而她畢竟沒有武藝在身，乙支納威也沒想到她會猝然發難，摔落在地之後，乙支納威陡然發力，將金姝反壓在身下，抽出腰間短刀來，一刀捅入了金姝的心胸。

「不！」

李承俊見娘親受難，雙眼血紅，拔出徐真所贈的短刀，就要從後面偷襲乙支納威，卻被乙支納威反手一槍刺來，凱薩心頭一緊，雙腳猛然一彈，將李承俊撲倒在地，雖然躲過了乙支納威的刺殺，卻被十數把利刃架住了。

高惠甄見金姝為自己而死，心頭悲憤欲絕，對乙支納威更是恨之入骨，然而凱薩和李承俊落入了敵手，乙支納威以此要脅，高惠甄終究是放下了手中的古刀。

乙支納威得意大笑著，心中抑鬱頓時一掃而空，拿下這幾個人，就是對徐真最大的報復，彷彿比奪取圖壤城還要讓他舒暢淋漓。

然而他笑聲還未落地，頭頂卻響起破空之聲，一枚飛刀猝然激射過來，乙支納威躲閃不及，只能拖過一名士兵來擋死，飛刀正中士兵的咽喉！

徐真見得金姝被殺，凱薩等人被俘，又見乙支納威就是叛徒，心頭悲憤欲絕，如夜鷹一般從房頂撲下來，落下過程之中連發飛刀，那些士兵甫拉弓就被射倒在地。

凱薩和高惠甄趁著混亂暴起殺人，徐真如猛虎下山，長刀無人能擋！

乙支納威沒想到徐真如此勇武，所帶領的二十幾名親兵，短短時間之內居然被殺死了大半，大駭之下戰意全無，慌忙借著士兵的掩護，飛快退走。

徐真正欲追殺而去，習武將軍的人手已經趕到，紛紛朝這邊聚攏過來，徐真一咬牙，將金姝的屍體背起，與凱薩等人往後門突圍而去。

到了府邸後面的小花園，李承俊卻將徐真給攔了下來。他雖然年幼，但比尋常少年都要早熟，又在流民潮之中見慣了生死，知曉徐真若背著自家娘親的屍首不放，必定會被追上來，到時候誰都走不了。

徐真也是悲憤不已，氣急攻心，見李承俊小小年紀卻如此決絕，自嘆不如又心疼不已，只好將金姝的屍體放在了草地上，此時正值五月，花園之中萬紫千紅，金姝曾要徐真陪著賞一次花，可徐真一直沒有機會。

如今到了花園，卻又陰陽兩隔，不過此時卻不是傷感的時候，徐真將金姝的屍體放在了花叢之中，又吻了吻金姝的額頭，朝她鄭重的承諾道：「我會好好照顧承俊，以後，他就是我們的兒子！」

李承俊終於慢慢鬆開了娘親的手，他沒有哭，死死捏住手中的短刀，眼中只有無盡的仇恨。

苦難使人成長，雖然悲憤無奈，但大抵如此吧。

高惠甄雙眼通紅，視線模糊，偷偷抹了抹眼淚，俯下身來，將金姝的亂髮整理好，而後解下她脖頸上的吊墜，戴在了自己的身上。

「今後，就由我來幫妳打理燧洞殿，你安心的走吧……」

戰爭殘酷，根本就不會留下太多生離死別的時間，匆匆與高惠甄話別之後，徐真帶著三人翻越府邸牆頭，往城門方向疾奔。

而此時的城頭也是一片屠戮，人喊馬嘶，火光沖天，血流成河！

第一百六十七章

唐軍大勝寶珠被俘

高延壽乃高句麗耨薩，年少時曾參加過隋朝三征遼東的戰役，這場戰役堪稱整個高句麗民族的驕傲。高延壽彼時年少驍勇，守衛遼東城之時更是殺敵無數，建立了莫大功勳。可經歷了大半輩子的朝堂爭鬥，他的銳氣已經慢慢被磨平，在泉蓋蘇文的強勢攝政之下，誰不是忍氣吞聲碌碌無為？若表現得稍微強勢一些，泉蓋蘇文就會以各種手段打壓下去，朝堂儼然成為了泉蓋蘇文一個人的舞臺。

從蓋牟城領了二萬人馬過來，如今就只剩下二千餘的可戰精銳，高延壽作為主帥，自是難辭其咎。

他自己也未能想到，一座圖壞小城，居然會頑抗死守到如此地步，而且根據情報，唐朝帝國的大軍還未渡過遼水，誰又能想到會有接近兩萬人的援兵來救援？

他本不想夜襲圖壞，可收到那封密信之後，他沒有任何遲疑就改變了主意，因為那封密信的主人，乃是乙支納威！

乙支家族自認正統，素來高傲，榮留王被殺之後，乙支家族拒不屈服，暗中保護諸多王子郡主逃難，泉蓋蘇文曾多次發出告示，希望乙支家族的人將王族的血脈都給帶回來，並承諾了極為豐厚的報酬，甚至包括既往不咎，繼續給予乙支家族原先的家族榮耀和待遇。

然而乙支家族卻從未回應過，出了乙支納威之外，乙支家族的其他人也在高句麗境內各地舉旗反抗泉蓋蘇文，可謂民心所向。

也正因此，高延壽收到了乙支納威的密信之後，才決定夜襲圖壤！

當然了，夜襲的目的並非為了奪回城池，而是接應乙支納威。

因為乙支納威在密信之中承諾，只要高延壽在城外製造騷亂，他就能夠趁亂將敏恩郡主給挾持出城。

若果真如此，就算他高延壽將二萬人馬全數折在此處，得了敏恩郡主和乙支納威，也足以彌補戰敗的罪責了。

以區區兩千新敗之軍，夜襲足有二萬人馬的城池，高延壽本就沒有任何的勝算，雖然做足了心理準備，然而當胤宗和高賀術的騎兵從城池兩翼包抄過來之時，高延壽還是驚駭到了極點。

因為這些騎兵的戰鬥力實在太過驚人，在夜色之下，這些騎兵如吞噬血肉的洪流一般，銳利的衝鋒陣型輕易撕裂了高延壽軍團的防禦，將陣型攔腰截斷之後，開始進入了單方面的屠殺。

高延壽也是心頭滴血，這些雖然不是他的嫡系部隊，可也算是蓋牟城的一支強軍，如今徹底折在了圖壞小城下，如果無法將乙支納威和敏恩郡主帶回去，他是萬萬承受不住大莫離支的怒火了。

他這邊不斷默數著己方傷亡，胤宗和高賀術卻是殺得興起，連薛仁貴和謝安廷都打開了城門，帶領諸多守軍衝殺了出來。

正激戰之時，又有兩員猛將殺出，赫然是飲酒至深夜的周滄與韓復齊。

此二人不打不相識，也是喝出了交情，此時七八分的醉意，各持兵刃，上馬衝殺出來，哪裡有人能抵擋得一合。

夜襲變成了強攻，強攻又變成了被動屠戮，敵軍已經軍心渙散，可主帥卻又無動於衷，弟兄們肝膽俱裂，心想著主帥是不是故意讓他們來送人頭的。

高延壽也是心急如焚，可乙支納威卻遲遲不見出來，若乙支納威不出城來，那他高延壽可就一無所有了！

此時乙支納威也是焦頭爛額，徐真帶著凱薩、高惠甄以及李承俊不知逃到了何處，他與西武將軍合兵一處，卻沒有了用武之地。

這西武將軍也是個急性子，當即抱怨道：「沒抓住這些該死的唐人，該如何是好？」

乙支納威卻冷然一笑，拍了拍西武將軍的肩頭道：「且隨我出城去，只要你忠誠於我，丸都城必有你一方立足之地！」

西武將軍也不知乙支納威何來如此大的自信，事到眼前，也只能相機行事了，二人帶領著近百親兵，偽裝成唐軍的騎兵，往城門方向奔馳。

過了城主府，乙支納威手掌一揮，身邊的親兵打了個響哨，城主府旁邊的房子之中居然走出一群人來。

只見得十數名早已偽裝成唐兵的親兵從房中出來，中間還擒了幾個俘虜，西武將軍翹了翹鬍子，定睛一看，這幾個人不正是與徐真一道的那幾個小鬼和那個老道人。

左黯、寶珠和張素靈、青霞子四人一看乙支納威和西武將軍在一起，頓時明白了所有的一切，寶珠性子火爆，朝乙支納威大罵不已，後者卻只是淡淡一笑，身邊的親兵抬手就要給寶珠掌嘴，反倒被乙支納威一巴掌打翻在地。

「該死的蠢物！咱們以後的富貴全都著落在這小丫頭的身上了！你居然還敢動手！」

親兵自然不敢再造次，西武將軍卻疑惑了，然而此時卻不是解釋的時候，乙支納威與習武將軍等人將張素靈幾個挾持上了馬背，趁亂出了城門。

此時已經到了戰鬥的尾聲，敵軍的頹勢止都止不住，高延壽紛紛著大罵，眼看著唐軍就要衝到帥旗之下了，他終於是忍不住想逃走。

正當此時，一隊唐旗卻陣前易旗，換上了高藏王的王旗，為首一少年將領穿著古舊的鎧甲，搖曳的火光照耀之下，胸鎧之上，乙支家族的徽記格外惹眼。

「快撤退！」

高延壽終於等來了乙支納威，一道軍令下去，早已守不住的軍士們紛紛如潮水一般退去。

唐軍又是一陣掩殺，直等到東方發白，這才意猶未盡的收了兵。

徐真和凱薩等人在城中躲藏了大半夜，見乙支納威和西武將軍的人馬都沒有追殺上來，這才現身，趕到城頭之後，發現軍士們正在慶祝勝利，這才安心下來，不過想起金姝的犧牲，諸人也沒有慶祝的心情。

銀珠郡王高仁武同樣率領著反抗軍凱旋歸來，卻不見左黯和寶珠來迎接，一問之下居然沒人清楚這幾個人的下落。

徐真頓時也緊張起來，軍令傳遞下去，全城回應，果真不見了這幾個人。

最終還是高仁武找到了府邸之中一個重傷的衛兵，問清楚了緣由，這幾個人居然被乙支納威的人給抓去了。

高仁武勃然大怒，懊悔不已，以左黯和寶珠的性子，早就躍躍欲試，要跟著他上陣殺敵，然而無論如何，高仁武就是不准寶珠上戰場，他到底還是低估了乙支納威了。

徐真不明所以，也不知寶珠為何如此的重要，直到高惠甄向他吐露了一個真相，他才頓時震驚，慌忙發動所有的斥候，出城去尋找乙支納威的蹤跡。

果不出所料，乙支納威果然跟高延壽勾結在了一起，種種跡象都表明，他們已經投往玄菟城，想來是要到蓋牟城去了。

徐真一面將戰報都送到後方的張儉處，讓張儉上報，又發了請戰，要攻打蓋牟城。

且說遼東道行軍大總管李勣收到徐真的軍報之後，連忙呈獻給李世民，聖上一看，頓時哈哈大笑，這征遼的首功，果然是徐真所得。

出師首勝，諸人也是信心大增，閻立德已經跟著張亮，帶著四萬餘人，四百餘艘戰船，從海上出發，於海路逼近丸都（平壤），不過還需要一段時日的航行。

如今徐真吵著要攻打蓋牟城，聖上自然是歡喜，不過蓋牟城不比圖壤這等小地方，徐真的本部和胤宗等人帶回來的契丹等部落兵，缺乏重型攻城器械，又是騎兵居多，想要憑藉這樣的軍力將蓋牟城攻打下來，著實有些困難。

念及此處，聖上即命行軍大總管李勣領兵先行，行軍總管姜行本隨之前往，將徐真和閻立德所造的火炮「真武大將軍」從營州運到前線去，以幫助徐真攻打蓋牟城。

經過了工部的研究改造之後，真武大將軍已經非常的成熟，而且數量也從先前的六門，變成了現在的四十多門。

可惜高句麗境內多雨水，火藥的保存也是個極大的難題，否則將四十多門火炮一同往前推，還有那座城池攔得住唐軍的炮火？

徐真知曉乙支納威的為人，自然擔心張素靈等人的安危，可加急軍令傳來，卻是讓他先不要動蓋牟城，等待重器的到來。

徐真知曉自己手中人馬，還不足以攻陷蓋牟城，也只能等待，薛仁貴等人卻又來請戰，說軍令上只說不能動蓋牟城，可又沒說不準攻打別的城，不如趁著大軍未到，先給大軍開路，把玄菟城和橫山城這兩座規模小一些的城池都給打下來。

這樣一來，乙支納威和高延壽等人勢必逃回蓋牟城，如此起碼能夠保證張素靈和寶珠等人在蓋牟城之中，而不是被轉移到別的地方去。

徐真一聽，也覺得在理，雖傳令下去，三軍齊發，留下一些人接應李勣的大軍過河，其他人全部往玄菟城進發。

此時的玄菟城之中，城主戰戰兢兢地伺候著，耨薩高延壽的脾氣似乎不是太好，連連摔爛了好幾個酒杯。

「乙支家的小子！你怎如此欺瞞於我！這幾個人小的小老的老，沒有敏恩郡主，要這些人又有何用！」

乙支納威也不生氣，冷笑一聲道：「耨薩，你說大莫離支是關心榮留王的女兒多一些，還是關心自己的女兒多一些？」

「你說什麼！」高延壽聞言，頓時雙眸放光，而青霞子眉頭一皺，心頭一緊，不由暗道不妙，到底是低估了這個乙支納威了啊！

第一百六十八章 寶珠被虜唐軍破城

且說高延壽聽聞乙支納威之言，心頭頓時掀起驚濤駭浪，本以為這小丫頭只不過是草莽流民之屬，哪裡會想到跟大莫離支泉蓋蘇文扯上了關係，真真是藍田隱璧，滄海有遺珠，凡間落了鳳雛。

彼時有乙支文德大將軍，力挽狂瀾，打退隋煬帝三次征伐，素來被視為高句麗名垂青史第一人，如今有大莫離支泉蓋蘇文挾王而攝政，權傾四野。

若果真如乙支納威所暗示那般，眼前這個小丫頭乃是泉蓋蘇文的女兒，其價值可就真比敏恩郡主高惠甄還要巨大了。

張素靈為人聰慧，然畢竟到遼東的時日尚短，只能聽懂簡單的高句麗語，然而左黯卻是幽州府的斥候，為了探聽敵情，經常與營州斥候潛入遼東，對高句麗語並不陌生，聽聞二人談論寶珠的身份，自是震撼難平。

他本以為寶珠與自己一樣，自幼孤苦，哪裡知道居然還有這等內幕！

可當他朝寶珠投去質疑的目光之時，後者也是一臉的茫然，唯獨青霞子面色陰暗，沉默不語。

「是啦，是啦！若非身份詭異，又怎會待在銀珠郡王高仁武的身邊，又有青霞子這等奇人隨從護衛！」

寶珠自然聽得懂乙支納威和高延壽的對話，可她努力回想，腦子裡卻是一片空白，只記得青霞子和銀珠郡王跟自己說過，她是個孤兒，隨著流民潮流浪到了遼河畔，又受了重傷，才被銀珠郡王救了下來。

難道自己果真是泉蓋蘇文的女兒？如果是這樣，又該如何自處？

寶珠念及此節，心頭難免抑鬱，高延壽卻如獲至寶，命貼身婢子將寶珠請入內宅，好生照看，好吃好喝伺候著，生怕掉了一根毛。

相較之下，其他人可就沒那麼好的待遇了，乙支納威雖為人倨傲，然到底是世家出身，眼力還是有的，當場看出青霞子憂心忡忡，想必是知曉寶珠的身世，遂命人押入死牢，準備嚴刑拷打。

青霞子雖只剩一把老骨頭，但道術無雙，又暗藏殺人手段，若爆發起來，誰人能近得他的身？

可他心中有愧，卻亂了心緒，因為他深諳此中真相，對於寶珠丫頭來說，這真相卻讓人有些無法接受。

青霞子本名蘇元朗，乃大唐詭異道人，彼時榮留王還在位，為與大唐交好，遂使國人由佛改道，遣使到大唐求道藏八部，蘇元朗正是護送道藏的道教宗師。

榮留王自是款待青霞子一行，並尊為國師，請青霞子傳道藏於國內信徒，四處開壇佈道，也曾風靡一時。

其時銀珠郡王獨愛道宗之理，常與青霞子辯論，一來二往就結成了莫逆，亦師亦友，受益匪淺。

泉蓋蘇文越發勢大，榮留王心中忌憚，遂召銀珠郡王高仁武來密議，設下計策，讓泉蓋蘇文到青霞子的道觀之中聽講，趁機殺之，以絕後患。

豈知泉蓋蘇文手眼通天，洞徹了計策，並未赴約，並設宴以求諒解，順勢表明心跡，自己並無爭頂之心，文武百官一同赴宴，榮留王也不疑有詐，卻被泉蓋蘇文猝然發難，斬殺了百餘官員，最終連榮留王都逃避不過，死無全屍。

銀珠郡王知曉事情敗露，連忙將榮留王的後宮火種全數轉移，依仗禁衛軍想要逃出丸都城，然而泉蓋蘇文卻封鎖了路線。

文武雙全的銀珠郡王當即生出妙策，派了宮女和宦官假裝王子郡主，由禁衛軍帶著突圍，真正的王子郡主卻偽裝成道徒，由青霞子帶出城去，為了掩護，銀珠郡王還帶兵突襲泉蓋蘇文的府邸。

其時泉蓋蘇文生育了三男一女，長子泉男生和次子泉男建雖然年輕，卻早已送入軍中磨礪，三子泉男產被秘密送到了百濟國中，就只剩下年僅十二歲的幼女泉男茹，獨享泉蓋蘇文之慈愛。

高仁武也是國恨家仇燒紅了雙眼，入了泉蓋蘇文府邸就是一陣屠殺，泉男茹雖出身將軍世家，也修習得些許武藝，然家族突遭滅殺，也是驚慌失措，帶著諸多姨娘躲入一座竹樓，高仁武這邊的豪傑四處放起火來，無處可逃，藏匿者紛紛跳樓，泉男茹也隨之跳樓求生，卻摔傷了頭腦，失去了記憶。

高仁武這邊要斬草除根，但凡跳樓未死者，盡皆補刀，輪到泉男茹，高仁武見她年幼，又考慮著總有一天要殺回來，是故將泉男茹帶走，本想著好生欺騙改造一番，豈知小丫頭卻失去了記憶，反倒省了許多事。

這邊放火殺人，奪了泉蓋蘇文的女兒，高仁武也不敢再做逗留，慌忙逃出丸都城，尋到青霞子之後才知曉王子郡主遭遇了一次截殺，也不知能否存活下來，青霞子也受了重傷。

無奈之下，高仁武只能在青霞子的引導之下，偷渡過了遼水，奔大唐來求援，為了搜捕高仁武，泉蓋蘇文不惜發兵遼西，營州一片警戒，高仁武與青霞子只能帶著泉男茹逃到了幽州。

小丫頭的傷勢也恢復了不少，但腦子記不得事情，二人商議了一番，就將泉男茹取了諧音，改名寶珠，又給她編造了孤兒的身世，這才到幽州府去求見。

其時高履行為幽州府都督，倨傲至極，也不接見，只讓長史高狄出面處理，這高狄支支吾吾也拿不了主意，高仁武心切國內形勢，請求幽州府派人搜救諸多王族後裔，然高狄卻推遲拖延不提。

高仁武一怒之下頂撞了高狄，高狄見他三人勢單力薄，就要捉拿起來，要押送到營州，交給高句麗泉蓋蘇文方面，以換取雙邊和平。

沒想到高仁武驍勇至極，拚死抵抗，自己雖被擒拿，卻為青霞子和寶珠丫頭贏得了逃跑的機會。

之後就是與徐真相遇，將高仁武救出來的經歷了。

高延壽和乙支納威聽了青霞子的陳述之後，心頭也是暗自稱奇，不得不說，高仁武果是名副其實，有勇有謀，若今次不是乙支納威從內部攻破，有高仁武這等內應，唐軍必定一路摧枯拉朽，用不著一年半載就打到丸都城去了。

越是原始窮苦之地，民眾就越是篤信天地鬼神，高句麗有本土燧神崇拜，而後又傳入佛教，到得榮留王時期，為了與大唐交好，又引進了道教。

哪怕窮兵黷武的泉蓋蘇文，也不敢對大唐道士動手，高延壽和乙支納威既然已經達到了目的，得到了確切的資訊，確認了寶珠的身份，自然不敢再虧待青霞子。

至於左黯，因為性子剛烈不屈，早已被好好收拾了一頓，乙支納威因著捉不住高惠甄而心情煩悶，見得張素靈姿色出眾，不由生了邪念。

想著徐真既然把高惠甄給睡了，那他就把張素靈給睡回來，也算是一報還一報。

可當他來到地牢之時，卻發現張素靈居然逃跑了！非但如此，這小丫頭居然連左黯都給放了出來。

「快來人！徹底封鎖府邸，一定要將這兩個該死的唐人給我挖出來！」乙支納威勃然大怒，整座府邸瞬間躁動起來，諸多軍士連瓦缸陶甕都不曾放過，卻始終搜不到張素靈和左黯。

此時張素靈和左黯穿著高句麗士兵的衣服，正在尋找寶珠和青霞子，二人機靈得很，雖然不熟悉地形，但跟著亂哄哄的人群四處走了一遭，也就確定了青霞子和寶珠的位置，可這兩處地方都有重兵把守，一時間也沒個章法。

且說西武將軍本就是個匪徒出身，奸詐狡猾得很，帶人到茅房等髒汙之地搜了一遍，果然找到兩名被剝乾淨的士兵，頓時明白過來，原來要搜捕的兩個小人就藏在自己的士兵當中！

「快！把所有人都集合起來！但有遲疑者，即刻拘拿！」

也該是這二人命大，這張素靈心思玲瓏，知曉最危險之地反而最安全，西武將軍又與高延壽的部下格格不入，辨認不清，遂跟著西武將軍四處搜索，此時聽到西武將軍下命，二人連忙奉命而出，反而尋了個空當，翻牆離開了府邸，知曉暫時救不了寶珠，只能往城門這邊逃。

高延壽和乙支納威見西武將軍召集人馬，還以為找到了那兩個該死的小傢伙，可人手都召集起來，卻發現人根本就不在軍中！

大怒之下，二人又將西武將軍好生訓斥了一番，府邸守軍全部出動，快馬傳令封鎖了城門。

左黯身上有傷，走得不快，二人又不熟悉城中道路，兜兜轉轉好一會才出了民宅區，眼看著城門就在眼前，卻求出無路。

乙支納威和高延壽雖然只是暫時安頓在玄菟城，然警覺性也是頗高，生怕徐真的軍隊追殺過來，將四座城門全數關閉，又派了重兵駐守，只是這玄菟城也只比圖壞稍大一些，守軍數量也不多，器械更是寥寥無幾。

左黯和張素靈正心焦，不知該如何騙出城門，卻聽得城頭上一陣陣的騷亂和尖叫，守軍四處奔走，搖旗吶喊，敲鑼打鼓好不熱鬧！

正當騷亂之時，城外嗡嗡嗡之聲大作，仰頭一看，漫天白羽如雨，不要錢一般潑灑下來，守軍當即被扎成一個個刺蝟。

城內守軍不斷湧上城頭，又招募輔兵搬運守成器械，可城外敵人如狂風驟雨一般襲來，城頭很快就堆滿了屍首。

乙支納威和高延壽收到情報，即刻帶兵來支援，可還未到達城門，就只聽得轟隆一聲巨響，城門居然被巨大的撞車給破開。

一名紅甲將軍揮舞著長刀，撞入守軍人群之中，長刀揮灑大片大片的碎銀寒芒，守軍的竹槍齊刷刷被削斷，根本就抵擋不住。

徐真一馬當先，身邊乃是白衣銀甲的薛仁貴和謝安廷，周滄和韓復齊緊隨其後，胤宗高賀術等人更是不甘人後，一路殺得滿地是血，哀嚎震天，敵軍如見兇神惡煞，瘋狂逃竄，根本沒有一戰之力。

乙支納威和高延壽見此情景，心頭大駭，長嘆一聲就撥馬而回，拿了寶珠和青霞子，從南城門逃了出去。

唐軍勢如破竹，摧枯拉朽，簡直不費吹灰之力，諸多高句麗民眾也是緊鎖房門，不敢冒頭，好在唐軍乃仁義之師，與民秋毫無犯，只顧往城主府衝擊。

左黯和張素靈生怕被唐軍誤殺，又奪入一間民宅，不由分說就換了衣服，拉住一個唐兵就要見行軍總管。

那唐兵見城中居然有唐人，想起總管的命令，慌忙將左黯和張素靈帶去見徐真。

第一百六十九章

海上震懾蓋牟佈防

徐真素來重情重義，愛惜弟兄，高仁武又有前車之鑒，最忌反叛，唐軍和反抗軍聯手之下，從圖壤馬不停蹄開赴而來，玄菟城根本就是不堪一擊！

軍威浩蕩，守軍根本就無法組織有效的防禦和抵抗，乙支納威和高延壽等無法帶走的軍士，紛紛棄械投降，玄菟城由是蕩平。

高仁武率領反抗軍到城主府搜查了一番，又捉拿了府中僕從和降卒來詢問，知曉高延壽和乙支納威已經率部逃亡橫山城，顧不得通報徐真，自顧率領了反抗軍去追。

乙支納威和高延壽等只剩下一千多殘兵，哪裡敢反身抵抗，只得壯士斷腕，每五里留下一百敢死軍士來阻擋，然而這些軍士嚇破了膽子，一見敵人潮水一般湧上來，就紛紛逃亡或投降，阻礙效果半點不見。

高延壽到底是老將，心知這樣下去必定會被擒拿，與乙支納威等人短暫商議，將隊伍全部分散給來，又故布疑兵，分頭而逃，這才安然回到橫山城。

乙支納威是被徐真的部隊給打怕了，雖然入城已經是深夜，但還是將城池守軍帶走了一半，連夜趕往城池高大固若金湯的蓋牟城，又一面讓人將寶珠的情報送到泉蓋蘇文那邊去請功和求援。

高延壽生怕乙支納威獨享了功勞，自然是與之同行，將西武將軍這個倒楣鬼留在了橫山城。

徐真見了左黯和張素靈，聽二人將事情都說了一遍，又見弟子左黯受了重傷，對乙支納威這個叛徒是恨之入骨，命步卒留下來收編降軍，安撫民眾，又讓張久年留下來主持大局，自己卻帶著騎兵，直奔橫山城！

雖然銀珠郡王高仁武不在，可敏恩郡主高惠甄卻留了下來，諸多城民見榮留王正統打了回來，早受夠了泉蓋蘇文壓迫的人們根本就不需要動員和勸說，就倒向了高惠甄這邊。

城池的清理和重建工作異常順利，張久年也不需消耗精力，仍舊保留著城池的原本人馬來打理政務，自己則去處置軍兵。

高惠甄雖然只是女流之輩，然流亡三年，在流民潮和反抗軍之中頗有聲望，又自小接受宮廷教育，對政務管理也頗有心得，玄菟城由是安定下來。

她又感懷於金姝的大義，命人修建燧洞殿，塑造金姝的形象，封為神女，將金姝的事蹟銘刻成碑文，以供民眾敬仰膜拜。

徐真率領著騎兵團，很快就追上了高仁武的反抗軍，一路撲殺至橫山城，城主駭然失色，慌忙聚眾商議對策。

這橫山城雖然規模大一些，可大半守軍都讓乙支納威和耨薩高延壽帶走，面對勢如破竹的唐軍和反抗軍，根本沒有任何勝算。

若此番只是唐軍來襲，守軍或許還會負隅頑抗，可銀珠郡王高仁武極得民心，單騎傲然於城下喊話。

泉蓋蘇文攝政這兩三年，不斷發動戰爭，以謀求威望，震懾民心，軍士早已厭戰恐懼，見銀珠郡王來勸降，心中早已有了怯意。

城主與諸多官僚上了城頭來，果見銀珠郡王膽色滔天，單騎而來，立於城下呼籲守軍回歸王族正統。

高仁武慷慨陳詞，痛數泉蓋蘇文罪狀，聲厲俱下，王族血脈的貴氣與正統傳承的底氣瀰散開來，一陣痛斥，讓諸多從賊的守軍羞愧難當，城主遂下命開城。

兵不血刃，高仁武憑藉一腔熱血和正氣，既拿下了城池，又俘獲了民心，還令得徐真麾下將士肅然起敬！

然而入了城之後，城主和諸多官僚才主動來報，稱乙支納威和高延壽已經帶著大部分守軍退入了蓋牟城，徐真只能先行駐紮下來，將軍報送回後方，等待李勣帶領大軍和攻城器械過來。

李勣此時已經率領大軍渡過遼河，圖壤已經成為徐真本部的後方大本營，由營州都督張儉駐紮，為了方便大軍以及以後聖駕親臨，張儉還發動了城中軍民，在遼河上架起了浮橋，李勣得以順利渡河。

這才剛剛安頓下來，前方已經發回了軍報，稱徐真勢如破竹，已經接連攻陷玄菟和橫山兩座城池，軍心士氣由是大振！

徐真這位開路先鋒可謂盡職盡責，一路打到了蓋牟城下，若非攻堅器械沒有到位，說不得他還真敢對蓋牟城開刀。

李勣也擔心徐真太過冒進，大軍駐紮在圖壤數日之後，正式向蓋牟城進發，而此時徐真部的人馬已經將蓋牟城方圓之地的斥候和暗哨全數清理乾淨。

有高仁武和反抗軍作為帶路先鋒，高句麗方面根本就藏不住任何一個斥候，高仁武還收編了玄菟城和橫山城的降軍，此時反抗軍足足有八千餘人，雖然戰力無法跟唐軍相比，較之以往，卻讓高仁武實實在在看到了復辟的希望。

此時的蓋牟城之中，高延壽和乙支納威也是心焦氣躁，他們已經將情報都送回了丸都城，按理說泉蓋蘇文關切女兒安危，必定會派遣大軍來救援，可他們卻遲遲等不到消息。

直到五月末，他們才收到了情報，原來唐軍平壤道行軍大總管張亮，帶領四萬餘人，四百多條戰船，從海上殺了過來，其麾下行軍總管程名振趁夜從西門進攻，拿下了沙卑城（今遼寧大連），俘虜男女共計八千餘人。

難怪泉蓋蘇文無法分兵來救援蓋牟城，原來唐君已經從海上進行了攻擊，並取得了巨大的勝利。

不過高延壽和乙支納威並未喪氣，因為援軍會很快就抵達蓋牟城。

有了閻立德監造的戰船，唐軍在海上行軍一場順暢，機動性也比陸地要強悍太多，可隨意挑選登陸點，打開突破口，是故皇帝陛下早早就讓張亮從海上出發。

然而這張亮說到底只是個無將帥之才的庸人，膽小怕事，擔心海軍深入內陸會腹背受敵，於是只讓船隊停靠鴨綠江[4]入海口，並未按照聖上之意，進一步向平壤[5]進發。

也正是因為張亮的膽怯遲疑，讓高句麗得了喘息之機，這泉蓋蘇文本就是個僅此於乙支文德將軍的大將，有膽色又有韜略，如今有了反擊之機，遂從國內城和新城調集了四萬餘步騎，駐紮遼東城，以防止唐軍陸地軍隊快速推進。

這遼東乃高句麗的鐵城，素來堅固，城方形，內外兩重城垣，城垣有角樓、雉堞、女兒牆等防禦工事，大隋皇帝正是在此接二連三的飲恨遼東，此處也成為高句麗抵禦強敵的一道屏障。

高延壽和乙支納威本想將寶珠送往遼東城，然而二人接連慘敗，沒有半點功績，若只送了泉蓋蘇文的女兒回去，說不得絕大部分功勞都要拿來抵過，於是毅然選擇留守蓋牟城，只等著遼東城的援軍趕來支援。

這蓋牟城位於遼東塔山上，高據山頂，南臨北沙河，形勢相當險要，山城四周城牆用土沿山脊築成，長約二三里，東低西高，呈簸箕形，城東南設有城門，也是個易守難攻的要塞之處。

高延壽和乙支納威自不敢怠慢寶珠，而寶珠卻心緒慌亂難平，她找到青霞子，確認了自己的身世，然而與高仁武一路走來，無時無刻不被灌輸一種認知，父親泉蓋蘇文乃是弒王攝政的大奸賊，殘暴專斷，將高句麗人民推入水深火熱之中，此等大奸賊是人人得而誅之的！

她一直在意自己的孤兒身份，如今終於知曉自己的父親還在世，並且權柄熏天，可終究是個大奸大惡之人，這叫她如何不糾結？

加上這段時間高延壽和乙支納威對自己的態度，寶珠越發覺得其實當泉蓋蘇文的女兒也未嘗有何不好，反倒是高仁武刻意欺瞞了自己的身世，讓人有些不齒。

如此一想，寶珠也就釋然開朗，與蓋牟城之中享受著富貴，又想起與高仁武等人流浪大唐的時光，只覺差了天地之遠，竟然有些期待被送回到父親身邊了。

青霞子感受到寶珠的變化，也是無奈嘆息，心頭暗道：「這丫頭的身上留著的，終究是泉蓋蘇文的血脈，無論如何引導調教，最終還是要走到對面去了……」

註

4 鴨綠江，古稱浿水，漢時稱為馬訾水，唐朝始稱鴨綠江。
5 古時高句麗的都城為平壤，後來遷都丸都城，此平壤並非今日之平壤。

心中有了此等想法，面對寶珠之時，青霞子也就再難以保持平靜，一路生死相依的老少二人，居然變得有些生疏起來，這血脈之隔，不正是最難逾越的鴻溝嗎？

或許這就是寶珠丫頭的宿命了，從此之後，她已不再是那個單純的小丫頭，而是泉蓋蘇文的女兒，泉男茹！

對於寶珠的變化，高延壽和乙支納威自然是表現出極大的欣喜，對寶珠更是有求必應，而似乎因為寶珠的改變，也為他們帶來了好運氣，幾天之後，一萬多援軍帶著諸多防禦器械，終於趕到了蓋牟城。

鑒於高延壽和乙支納威找到寶珠的功勞，泉蓋蘇文果真將防守蓋牟城的權柄，交給了耨薩高延壽，乙支納威也一併得到了提升，正式進入了將軍的行列。

蓋牟城頓時開始火熱佈防，而橫山城之中，徐真也終於等來了自己的恩師，遼東道行軍大總管、英國公李勣。

這也就意味著，蓋牟城攻堅戰，即將拉開帷幕！

第一百七十章

徐真封將暗流再起

且說李勣率大軍渡過遼水，從圖壤再次進發，途經玄菟城，終於來到了橫山城，徐真率領諸多弟兄出城二十里相迎，以弟子禮拜之。

李勣見得徐真麾下猛將如雲，人才濟濟，軍容肅殺，便知是精銳之中的精銳，心頭大喜，挽起徐真手腕，與徐真一同入城，大軍繞城結營駐紮，好生修養，只待做好部署，就要掃蕩蓋牟城。

這李勣和李靖人稱二李，都是開國功臣，也都以善謀驍勇而著稱，常常使人相提並論，多有比較之意。

按說徐真已經得了李靖的指點，他李勣就不該對徐真施以弟子之厚愛，然他聽聞徐真常出奇制勝，最擅劍走偏鋒，與其年輕時頗有相似，故而生了愛才之心。

想當初宇文化及於江都弒殺隋煬帝，越王楊侗即位於東都洛陽，赦免了李密等人，封魏國公，拜太尉，又授李勣為右武侯大將軍，命其一同討伐宇文化及，李勣固守黎陽倉，宇文化及率軍四面死攻，形勢危急之際，李勣出奇策，於城中向外挖地道，繞敵之後，大敗字文化及。

這段經歷戰績也是他李勣時時不忘的得意之作，當初吐谷渾圍困甘州，李靖動用地道，難免有偷師李勣之嫌，如今李靖又解甲歸田，李勣成了征遼大總管，徐真擔任先鋒的戰功又耀眼無比，李勣心頭歡喜，自然將徐真視為得意門生了。

李勣在徐真的陪同之下，檢閱了先鋒軍，徐真本部人馬自不用說，有薛仁貴、謝安廷、周滄等諸多猛將，又有胤宗和高賀術等異族勇士，本部人馬出身神火營，加入了徐真的神火次營，整合之後更是聲勢不輸人。

李勣頻頻點頭，不過目光還是被左翼一支兵馬給吸引了過去。

這個方陣足足有三千餘人，清一色騎兵，髡髮結辮，並未穿著明光甲，而是內襯長袍，外披鎖子甲，手中長矛達九尺，比槍和槊都要細，矛頭呈箭簇，一看就知是衝鋒陷陣的神兵。

為首一將身長八尺，昂揚神勇，留了一部美髯，顯是此軍之首領，李勣一看，心頭頓時大喜，與徐真策馬緩行至陣前，不待那首領行禮，就率先朗聲問道。

「前面可是契丹大賀窟哥？」

聽聞李勣道出自家名字，契丹首領大賀窟哥受寵若驚，當即滾鞍落馬來行禮，徐真也是心頭驚詫，胤宗與高賀術將契丹等部族的兵馬召來，自是相互熟悉，徐真與大賀窟哥一同作戰，也才剛剛認識起來，這李勣果是目光老辣，居然一下子就辨認了出來！

契丹部族本為東北遊牧民族，半農半牧，早先分成了八個部族，至唐初才得以統一，稱之為大賀氏聯盟，其實契丹輾轉臣服於突厥和大唐，直至大唐擊潰了突厥，才正式歸順了大唐。

徐真早已將諸人功績呈報了上去，聖上為了安穩這些部族的軍心，振奮士氣，遂封大賀窟哥為左武衛將軍，以彰大唐恩威，激勵士氣，李勣當眾頒讀封詔，三千契丹騎兵齊聲高呼，聲勢浩大，三軍無不激蕩！

奚族人馬稍弱，素來以契丹和靺鞨為主力，見契丹首領得封，豔羨不已，好在接下來，奚和靺鞨都得了封賞，不過三族之間，靺鞨卻最為勢大，然衝鋒陷陣卻不如契丹族勇武，是故封賞也不如契丹這般顯赫。

靺鞨首領突可力雖同樣得封從三品，然卻不是十六府衛將軍，而只是授予歸德將軍，乃武散官，說到底還是矮了大賀窟哥一截。

這突可力為人深沉，不如大賀窟哥這般勇武，然而他的身世卻異常驚人，其父乃突地稽，其兄正是被大唐賜姓的李謹行。

其父突地稽乃靺鞨部酋長，隋末率其屬千餘內附隋，居營州，授金紫光祿大夫、遼西太守，待得武德初年，奉朝貢，以其部為燕州，授總管，又有劉黑闥叛反，突地稽身到定州，上書秦王，請節度，以戰功封耆國公，徙部居昌平。

突可力並無父兄功動，流落於部族之中，依靠家族勢力，統領著部族壯勇之士，初時求尚大唐公主，雖暗中得了提點，卻仍舊輸了婚試，又是心有不滿，戰時也頗為怠慢，如今功勞不如人，卻又腹誹埋怨。

埋怨者還不止靺鞨突可力，徐真部下亦是不滿，若論戰功，何人能及徐真半分？為何久久不見封賞自家主公？

李勣見得徐真部下面色不霽，知曉徐真頗得人心，心頭也是滿意之極，也不再賣關子，當即取了制書來頒告，徐真因屢立戰功，為大唐征遼掃除障礙，進封左驍衛將軍，由正四品上的上輕軍都尉，授勳從三品的護軍，麾下將士各得封賞不提。

此令一出，全軍震撼！

徐真最先只不過是長安城區區一名不入流的武侯，仰人鼻息，可如今短短兩年不到，居然成為了三品將軍，除了那些個王公貴族和帝王之家的孩兒們，白身封侯的又有幾個！

秦廣和薛大義等從吐谷渾就一直跟隨徐真，如今見得自家主公終於封了將軍，心頭激動難耐，張久年等紅甲十四衛更是潸然落淚，別人或許不知，他們卻是一清二楚，自家主公身上的傷疤，比他們任何一個人都要多。

薛仁貴和謝安廷等初時碌碌無為，如今都隨著徐真得了大封賞，成為了軍中棟樑，自是與有榮焉。

李勣又犒賞了三軍，全城歡慶，新晉左驍衛將軍徐真將國公爺、行軍大總管請入城主府，將府邸讓給了李勣。

李勣也不是貪圖安逸之人，慶功宴之後即召集諸將挑燈議事，緊鑼密鼓的部署攻打蓋牟城事宜。

諸人得了封賞，心裡歡喜，頭腦都活絡了許多，又捨得賣命出力，各種計策都獻了上來，集思廣益，終於是定下了方案，各人自顧安歇去了。

張儉鬱鬱回府，長長嘆息，婢子端來洗腳水，他伸腳就被燙了一下，面色猙獰，跳起來大罵著，一腳將婢子踢翻在地！

「好一個徐真！」

將婢子趕將出去後，張儉憤憤地罵道，他好歹是個老將，又是二品的大都督，朝堂之上誰人敢不給他面子。

可自從徐真到了營州之後，他屢屢落了下風，只能忍辱負重，看著徐真當了行軍總管，自己只能跟在後面輸送糧草，打掃戰場，替徐真擦屁股，他堂堂都督，何曾受過這等折辱。

張儉正鬱鬱不得志，慕容寒竹卻款款而入，揚了揚手中的酒壺，也不打招呼就坐到了張儉的對面來。

慕容寒竹乃長孫無忌和太子的幕僚和私人，張儉乃同一派系的人，自是沒得隱瞞，二人借酒澆愁，直到後半夜，慕容寒竹才姍姍而去，張儉卻再也睡不著，匆匆披了甲，往城門方向巡夜去了。

李勣的大軍就駐紮在西城門外二里，相較之下，張儉的營州部人馬只需把守南城門，諸人素知張儉與徐真之間的齟齬，是故見得都督前來巡夜，也不敢亂說話，一個個肅立城頭。

張儉登上城頭，找到了值夜的韓復齊，將其拉入陰影之中，一番竊竊私語，只聽得韓復齊突然驚呼一聲，又趕緊捂住了自己的嘴巴。

送走了張儉之後，韓復齊有些心不在焉，幾度想要走下城頭，卻又折了回頭，低頭走了幾步，腰刀又刮在一名守軍的長槍上，諸多守軍見平素豪邁不羈的韓司馬如此丟魂落魄，心中也甚是不解。

韓復齊眉頭緊鎖，遙遙望著城下的夜色，長長地嘆了一口氣，正失神之際，背後突然一陣風動，肩頭已經被人拿住。

「找死！」

韓復齊心中有事，驚了一下，慌忙要抽刀，刀柄卻被一隻有力的大掌抓住，周滄的破鑼嗓頓時抱怨開來。

「韓老弟恁地如此驚乍？」

韓復齊回頭一看，見著提了食盒來找他夜飲的周滄，心頭兀自撲通撲通亂跳，一如他當年第一次殺人那般的感覺。

周滄見韓復齊唯唯，支吾不語，也懶得理會，於城頭擺下酒食，連其他幾個守軍都招呼了過來，拉著韓復齊灌酒。

韓復齊擠出笑容來，喝了幾杯，目光卻不斷投往城主府的方向。

且說此時的城主府中，李勣與徐真相對而坐，徐真執弟子禮，將一路以來的經歷全數傾倒出來，雖語言平實無浮誇，然李勣仍舊聽得津津有味，到了緊張關鍵之時，也是暗自替徐真捏了一把汗，彷若從徐真的故事之中，看到了自己年輕時的影子。

爺兒倆對酌暢談，不知不覺已經是人靜夜半，燭光伴隨著李勣那爽朗的笑聲，傳出老遠。

把守在門口的親兵聽到笑聲，心頭盡是對徐真的羡慕嫉妒恨，多少年了，能與李勣如此把酒談歡之人，又有幾個？

心頭正感慨之時，這名守衛的面色卻倏然一凝，門外的黑暗之中，似有一道陰影閃過！

「誰！」

守衛鏘然拔出腰刀，左手已經取了短弩，手指就按在機括上，猛然抬起手來。

「噗嗤！」

守衛的手指終究沒能扣動機括，一根短箭清脆洞穿他的咽喉，他雙目怒睜，嘴裡卻不斷咳出血沫來，身子還未倒地，就已經被人扶住，拖入了黑暗之中！

唐師 伍章　峰迴路轉　完

ACP0068

唐師 伍章：峰迴路轉

作　者—離人望左岸
編　輯—黃煜智
封面設計—莊謹銘
內頁排版—李宜芝
董事長
總經理—趙政岷
出版者—時報文化出版企業股份有限公司
10803 台北市和平西路三段 240 號四樓
發行專線—（02）2306-6842
讀者服務專線—0800-231-705、（02）2304-7103
讀者服務傳真—（02）2304-6858
郵撥—1934-4724 時報文化出版公司
信箱—台北郵政 79～99 信箱
時報悅讀網—www.readingtimes.com.tw
電子郵件信箱—ctliving@readingtimes.com.tw
時報思潮線—www.facebook.com/trendage
法律顧問—理律法律事務所 陳長文律師、李念祖律師
印　刷—盈昌印刷有限公司
初版一刷—二〇一五年十一月
定　價—新台幣二五〇元

國家圖書館出版品預行編目資料

唐師 伍章 / 離人望左岸作 . -- 初版 . --
臺北市 : 時報文化 , 2015.12
面；　公分

ISBN 978-957-13-6452-0(平裝)

857.7　　104022304

ISBN 978-957-13-6452-0
Printed in Taiwan